거꾸로 선 나무

내 몸과 마음이 가벼워지는

인도 전통 마음요가·마음명상

•

거꾸로 선 나무

내 몸과 마음이 가벼워지는

인도 전통 마음요가 · 마음명상

인도로 가는 길

"Why suffering? Why not pleasure? (왜 고통이죠? 즐거움은 왜 안 되는데요?)"

영어가 짧은 나를 위해, 그는 문장을 도막내고 있었다. 프랑스에서 온 그 청년의 이름은 장. 뭄바이 공항에서 뿌나까지 가는 밴의 좌석이 찰 때까지, 우리는 하염없이 기다려야 했다. (인도에서 예약 시간이 무슨 의미가 있으랴.) 운전사가 승객의 하차 위치를 확인하며 돌아다녔고, 오쇼 아슈람(수행처)으로 가지 않는 외국인은 나뿐이었다.

"Pancavati, near Pune University. (뿌나 대학 근처 빤짜와띠.)"

운전사에게 내가 하는 말을 듣더니 장이 다가와 물었다, 대학에는 왜 가느냐고. (대학 아니고 그 근처라니까!) 영어 공부를 하러 간다고 말하기가 왠지 민망하여 (몇 달 여행 영어를 배워야 했다.) 불교를 공부하러 간다고 했더니, 그가 화단 위의 내 옆에 붙어 앉아 선문답을 시작했던 것이다. 불교가 왜 고(苦)를 중시하는지 장은 애타게 알고 싶어 했지만, 내 인생의 고도 어찌 못하는 내가 어설픈 영어로 그걸 어떻게 설명하냐고. 시큰둥한 그의 얼굴을 보며, 아슈람에는 왜 가느냐고 물었다. 거긴 즐거움만 있나? 장의 대답은 뜻밖이었다.

"I want to be free from God. (신으로부터 자유롭고 싶어서요.)"

신으로부터 자유롭고 싶어서 신들의 땅으로 온 장과는 달리, 나는 내 자신으로부터 자유롭고 싶어서 인도에 왔다. 장에게 한 말이 예언이라도 되었는지, 이듬해 나는 계획에 없던 불교 공부를 시작했다. 1년 계획이 14년으로 늘어지는 동안 불교에서 힌두교로, 빨리 삼장에서 베다로, 철학에서 신화로, 지혜(즈냐나)에서 신애(박띠)로 건너뛰었다. 그 많은 신은 단 하나의 상징만을, 그 많은 가르침은 단 하나의 진실만을 가리키고 있었다. 구원은 신이 아니라 인간 자신에게서 구해야 한다.

세상에 대한 낯선 관심은 위인전을 들여다보면서 조금 익숙해졌다. 무엇 때문에 누군가는 죽고 누군가는 죽일까? 또 사람을 죽여도, 누구는 영웅이 되고 누구는 살인범이 될까? 청소년용 위인전집 마흔 두 권의 결론은 이러했다 - 타고난 것이라고. 빌어먹을, 살인범으로 타고 난 게 나면 어쩌라고? 신이 나오는 책을 훑기 시작했다 ; 신이 운명을 정하나? 무신론자 집안에 없는 종교서적 대신, 나는 그리스 로마신화에 푹 빠졌다. 충동에 사로잡혀 아버지를 죽이고 운명에 속아 어머니를 아내로 맞은 오이디푸스 왕 때문이다. 신화의 결론은 어이없었다. "정해진 운명은 신조차 피할 수 없다."

　　내 인생의 질풍노도의 순간마다 '인간의 운명'에 대해 천착해갔다. 때로는 내가 선택할 수 없이 미션 스쿨에서 유일신을 만나기도 했고, 새파랗게 빛나는 플라이아데스(황소자리 산개성단에 있는 반사성운)를 보면서 신을 본 듯한 경외와 숭고함에 숨이 멎기도 했다. 그러다가 시나브로 천문학에도 회의를 느끼고 DNA가 인간의 행동반경을 결정한다는 유전공학에 심취하기도 했다. 인간에 대한 믿음이 점차 옅어지던 시절, 인간을 둘러싼 환경과 사회체제의 문제를 이해하려고, 사회변혁운동에도 잠시 발을 들였다. 그렇게 '내가 누구인지도 모른

채' 신과 인간과 사회에 대해 참 많은 좌고우면을 하던 시절이었다. 그리고 서서히 어른이 되어야겠다는 정말 철없는 생각에 세상을 실제로 움직이는 힘에 대해 배워야겠다고 다짐했다. 그래서 내키지 않은 걸음으로 꿋꿋이 하청 건축사에 다녔다. 그래야만 언젠가 세상을 움직이는 실질적 힘의 일부가 될 수 있을 것 같았다. 얼음을 품고 살던 나를 녹여버릴 듯, 세상을 태우는 욕망의 불은 맹렬했다. 잠시 명동성당에서 세례를 받으며 끓는 물 속 같은 세상을 피했지만 욕망의 불꽃은 내게 평안을 누리도록 허락하지 않았다. 씨랜드에서, 인천 호프집에서, 불길이 쉬지 않고 아이들을 삼켰다. 나는 오래도록 잊고 있었던 운명론을 꺼내들었다. 누구는 죽고 누구는 죽이는지— 명리와 주역을 독학했고, 불교의 업이나 전생에서 그 답을 찾아보려고도 했다. 그러다 결국 나는 아무 것도 구하지 못하고 '믿씁니다!'의 나라를 떠나고 싶어졌다. 인도를 선택한 것은, 체류비가 제일 쌌기 때문이었다.

뿌나에서 조쉬 선생님을 뵙기 전까지, 내 삶은 그저 바닥에 떨어진 실타래처럼 이리저리 구르는 것 같았다. 선생님은 성자가 아니라 현자(빤디뜨) 전통에 속한 평범한 분이셨다. 스위트(설탕 과자)를 좋아하시고 손녀를 예뻐하시는 보통 할아버지. 노년에 실명하셨지만, 머릿속에 통째로 든 싼스끄리뜨 전질 덕분에 눈 감고도 가르치시던 분. 한 존재를 만나는 것만으로, 과거와 미래가 단 하나의 의미로 꿰어지기도 한다. 나는 새로운 의문에 붙잡혔다 ; 모든 것이 운명이라면 여섯 살 때의 일도 조쉬 선생님을 만난 것도 다 필연이다. 어느 한쪽만 긍정할 수는 없다. 하지만 모든 것이 우연이라면 삶은 길을 건너는 것과 같아진다. 달려오는 차를 피하지 못해 사고가 난다.

깨달음으로 가는 데는 '태양의 길'과 '달의 길' 두 가지 방법이 있다. 의미를 쌓아올려 운명을 만드는 방법은 태양의 길에 속한다. 의미가 아니라 우연이라는 마주침을 중시하면 달의 길이다. 조쉬 선생님께선 인간을 사랑하고 의무에 매진하는 태양의 길을 완벽하게 살아내신 분이셨다. 선생님께 문법과 고전을 배우며, 나는 드디어 답을 얻었다 – 운명이란 우연이 쌓아올린 필연이라는 것을. 층층의 우연 위에 의미를 올려놓는 것이 인간이라는 것을.

"선생님, 왜 스위트를 안 드세요?"

"의사 아들놈이 먹으면 안 된대. 내 체중이 걱정되나봐."

접시를 애써 외면하시면서도 쿵쿵 과자 냄새를 맡으시던 선생님의 귀여운 모습은, 욕망과 절제 사이의 힘겨운 줄타기 – 태양의 길 – 에 꽤 위안이 되었다. 깨달음이라고 하면 으레 고행과 금욕 따위를 떠올리게 마련이다. 그것은 지혜로 디딤돌을 놓는 달의 길이다. 눈 밝고 준비된 자만이 갈 수 있는 이 길에 성급하게 발을 들여놓았다가는, 계단을 오르기도 전에 굴러 떨어지고 만다. 사랑과 의무로 토대를 쌓는 태양의 길을 제대로 밟아나가지 않았기 때문이다. 해가 떠 있는 동안 제 욕망을 무수히 담금질하고 나서야, 비로소 달이 떠 있는 동안에도 성성이 깨어 죽음과 두려움을 마주할 수 있게 된다. "삶도 아직 모르는데 어찌 죽음을 알 수 있으랴?"

태양의 길은 태어나는 순간부터 걷게 되는 '살아감'의 여정이다. 삶의 의미는 스스로 찾아야 한다. 달의 길은 애써 찾은 의미를 내다버린다. 불상을 불싸 지르는 불량한 일도 서슴없이. 전혀 다르게 보이는 두 길은 사실 이어져 있다. 조지프 캠벨이 일갈한 '살아있음의 경험'(신화의 힘)이 두 길 사이의 통로다. 우연히 부딪친 모든 것이 의미심장한 말을 걸어올 때, 비로소 두 길이 하나로 합쳐진다.

누구 하나 제대로 아껴주지 못한 내가 수행을 논하는 날이

올 것이라고는, 눈썹 위에 내려앉은 먼지 한 톨 만큼도 생각해본 적이 없었다. 그것은 자칫 장님이 장님 이끄는 격이 될 수도 있기 때문이다. 자격이 되지 않는 자가 다른 사람을 가르치는 것을 스승들은 엄금한다. 자신도 위험에 빠뜨리기 때문이다. 절벽에 매달려 있는 사람을 구하려면, 동아줄이 튼튼한지 확인할 만큼 현명하고, 그를 스스로 올라오게 할 수 있을 만큼 냉정해야 한다. 섣불리 덤볐다가는 같이 절벽 밑으로 떨어지게 된다. 그럼에도 불구하고, 거친 입을 열기로 했다. 소리쳐서 도움이라도 청해야 할 게 아닌가. (스승이라는 분들은 원래 막 걷기 시작한 초심자에게는 그다지 관심을 두지 않으신다.)

요가와 명상이라는 긴 도보여행을 시작하기 위한 가이드북이나 이정표로 이 글을 활용해주기를 바란다.

우연히 맞닥뜨린 인연에 집착하는 줄은 안다. 하지만 무집착은 호킨스가 언명한 것처럼 "주어진 운명을 감당하도록 도와주는 자발성"이기도 하다. 어차피 내가 할 수 있는 일은 이것뿐이다. 내 삶의 청춘으로 기억되는 기형도 시인 투로 "미안하지만 나는 이제 사랑을 노래하련다."

다시 고국에서, 메다.

한눈에 보는 내 몸의 증상에 따른
마음요가·마음명상법

* 내 안의 자신감을 불러일으키는 자세잡기(32p~33p)
- 똑바로 서기(타다 아사나) / 그라운딩
* 내 안의 나쁜 기억 없애기(39p~41p)
- 비구름을 내쫓는 방법
* 나를 위한 의식 만들기(45p~46p)
- 루틴 만들기 / 아침의식
* 내 주감정 알아차리기(58p~60p)
- 자기의 관점 · 주감정 알기
* 화가 솟구칠 때 김을 빼는 방법(70p~71p)
- 복식호흡
* 긴장 털어내는 방법(72p~76p)
- 어깨 올리기 / 5리듬 댄스 / 오일풀링
  나와 함께 걷기 / 눈 감고 몸 느껴보기
* 걸으면서 '나'에게로 몰입하기(79p~80p)
- 행선: 발바닥만 느껴봐!
* 내 숨을 관찰하며 숨 쉬기(82p)
- 배냐 코냐
* 긴장 완화시키기(85p)
- 통증 지켜보기

* 의식은 깨우고 몸은 이완시키기(89p~92p)

- 바디 스캔

* 내 몸의 통증 원인 살펴기(101p)

- 느낌이 있는 몸의 부위에 묻기

* 내 몸의 에너지 제어하기(119p~120p)

- 정뇌호흡

* 무의식의 문을 여는 기초방법(170p)

- 한쪽 콧구멍으로 숨 쉬기

* 나를 지켜보는 관찰자 의식(190p~192p)

- 양쪽 콧구멍으로 숨 쉬기 / 교호호흡

* 내 몸의 차크라 알기(217p)

- 7가지 주요 차크라

* 육체적으로 소진된 나를 일으켜세우기(220p~221p)

- 비튼 삼각 자세

* 가슴에 통증이 느껴질 때 하는 자세(222p~223p)

- 활 자세

* 몸 안에 에너지가 자연스럽게 흐르게 하는 자세(223p~224p)

- 쟁기 자세

* 에고의 범위를 넓히고 마음을 열어주는 명상(244p~245p)

- 티베트의 통렌 수행

거꾸로 선 나무
; 인도 전통 마음요가·마음명상

제1부 파란 알약 이야기

제1장   요가가 뭔데?   23

요가의 본뜻 : 내 몸과 마음을 하나로 묶다
멈추어라 : 지금 이 순간, 여기에 존재하기

제2장   몸을 닻 삼아   31

뿌리 내리기(안테나 세우기)
중독
트라우마
무의식 설득하기
깨어있기

제3장   감정으로 나를 알아차리다   51

무감정이 보내는 경고
주 감정
무감각 : 치료가 필요한 병
그림자 직시하기

제4장 **진정한 행복의 토대** 68

김 빼기: 복식호흡으로 화 다스리기

긴장 털어내기

화장실에서 하는 명상

제5장 **명상, 나만이 깃들 수 있는 동굴** 78

행선 : 발바닥만 느껴봐

의식적 숨쉬기 : 배냐 코냐

몸과 마음 사이의 방화벽

자면서 명상하기

제6장 **몸 느껴보기** 93

내 몸에 맞는 자세만 하기

내적 감각 키우기

몸을 악기처럼

육식은 부정하지 않다

제7장 **편안하게 앉아서** 110

의자냐 방석이냐

몸 살피기

숫자 세기

감정의 찌꺼기 흘려보내기

지복은 숨 사이에 있다

제8장   자기 자신 되기 : 빨간 알약이냐 파란 알약이냐   121

에고에 대해 말할 수 있는 것

수치심

불안과 두려움

억압된 감정, 몸에 축적되는 저주

자신을 비난하지 않기

그림자 투사 알아차리기

자기 자신과 맺을 수 있는 다섯 가지 관계

영혼의 어두운 밤

제2부 빨간 알약 이야기

제9장   명상은 위험할 수도 있다   155

분노 : 스님의 멱살을 잡을 뻔

애욕 : 손목이 잘린 아난다

나태라는 늪

제10장   머리가 둘인 새   171

영적 우회

투사, 세상을 바라보는 방식

위치(Positionality)

감상성(Sentimentalism)

힐링이냐 킬링이냐 ; 에고의 팽창과 소외

그림자 동화

관찰자 의식

제11장 시크릿은 없다   193

샹깔빠(Saṃkalpa) – 나만의 주문 만들기

시각화

자동 글쓰기(Channeling)

요가의 여덟 단계

욕망에서 물러나기

거둬들이기(쁘라띠야하라)

꾼달리니(차크라)요가

제12장 명상의 두 가지 갈래   225

사마디로 오르는 계단

사마타 : 고요 명상

위빠사나 : 통찰 명상

사마타냐 위빠사나냐

제13장 삶의 세 가지 길(바가와드 기따)   240

마음의 확장

제자의 자격

그물에 걸리지 않는 바람처럼

지혜의 길(즈냐나요가)

의무의 길(까르마요가)

사랑의 길(박띠요가)

제14장 인생이라는 무대   266

    꿈과 서바이벌 게임 사이
    가상현실이냐 증강현실이냐

제15장 정로는 없다   273

    돈을 좋아하지 않으면 성자가 아니다
    억압을 풀어낸다고 해탈하지는 않는다
    명상은 스트레스 관리가 목적이 아니다
    우리는 성자가 아니다
    가르침을 돈으로 사지 말자
    나만 좋으라고 수행하는 것이 아니다

비밀스럽지 않은 결론 ; 인도의 시크릿

제1부
파란 알약 이야기

내 감각과 이성으로 조절되는
마음요가 · 마음명상

제1장
요가가 뭔데?

"인도에서 뭐 하세요?"

"공부하죠."

"인도에도 대학교가 있나요?"

"……."

창구 직원이 눈을 둥그렇게 뜨고 물었다. 씨티은행에서 여분의 현금카드를 발급받는 중이었다. (뿌나의 ATM 기기는 늘 카드를 씹어댄다.)

"무슨 공부하시는 데요?"

빨리(불교 경전어)니 싼스끄리뜨(힌두 경전어)니 했다가는 이 대화가 몹시 길어질 수도 있다는 것을, 나는 경험상 잘 알았다. 지금 죽어가고 있는 언어도 모르는데, 이천 년 전에 이미 죽어버린 언어를 어떻게 안단 말인가.

"요가요."

"요가요? 십 년 넘게 계셨다면서요?"

굴곡이 적어 바람의 저항을 덜 받는 우주인 체형의 나를, 그녀는 재빠르게 눈으로 스캔했다.

"요가 십 년 한 분 몸매 같지 않은데요?"라는 말을 삼키느라 욕본 셈이다.

파란색 현금 인출카드를 재빨리 받아 챙기며, 나는 활짝 웃었다. 나도 수행자라는 사실을 불현듯 깨닫게 되어 아주 흡족했다.

그랬다.

인도에 가기 전, 이미 나는 요기니(여성 요가수행자)가 되었다. 불속에서 아이들이 타들어갈 때, 내 인생은 영원히 바뀌었다. 요가는 몸을 꼬고 비트는 행위가 아니다. 삶을 정면으로 마주하는 것이다. 고통과 맞짱을 떠서 깨달음을 얻은 붓다는 즈냐나(지혜)요가의 최고수였고, 부족한 인간을 넘치도록 사랑한 예수는 박띠(헌신)요가의 최고수였다.

수천 년 인도의 가르침을 단 한 단어로 표현한다면 —

요가,

몸매관리용 운동으로 오해받는 이 말을 선택할 수밖에 없다, 어쩔 수 없이. 요가는 몸과 마음의 단련뿐만 아니라 식이와 섭생, 호흡과 자세, 생활태도와 마음가짐까지 삶 전반을 아우르는 수행법이다. 당연히 명상도 요가의 큰 부분(사실상 대부분)을 차지한다. 그런데 어쩌다 요가가 이런 오해를 받게 되었을까.

요가의 본뜻
; 내 몸과 마음을 하나로 묶다

요가(Yoga)의 어근은 √yuj이다. 싼스끄리뜨 어근집인 《니룩따》에 따르면, 이 어근에는 두 가지 의미가 있다. 그 가운데 요가와 관련된 것은 '묶다', '결합하다'라는 뜻이다. 뭘 묶는다는 것일까? 인도 사람들은 신과 함께 묶여 일체가 된다는 해석을 사랑하지만 – 그 신은 실상 내재신, 즉 아뜨만(자기 자신)이다 – 자신의 몸과 마음을 하나로 묶는 것이 요가의 본뜻이다. 인도의 인사말 '나마스떼'는 당신을(떼) 경배한다는(나마스=나마하) 뜻이다. 신성한 존재인 우리는 경배 받아 마땅하다. 그런데 왜 몸과 마음을 일치시킨다는 것일까? 석사 학위를 마치고 귀국했을 때, 스마트폰이라는 신문물의 세례를 흠뻑 받은 나머지 나는 스몸비(스마트폰 좀비)가 되었다. 걸으면서 화면을 들여다보느라고 몸 따로 정신 따로, 곡예가 따로 없었다. 인도 수행 십 년 내공이 한순간에 날아갔다! 경전에서는 원숭이가 이 가지에서 저 가지로 옮겨 다니듯이, 감각기관이 대상을 따라 이리저리 휩쓸려 다닌다고 한다. 심신을 묶지 않으면 사람이 아니라 원숭이로 살 수밖에 없다. 도덕적 판단을 내리기 위해서도 인간은 최소한의 시간을 필요로 한다. 화면을 획획 넘기다 보면, 아무런 가치 판단 없이 정보를 그대로 받아들이게 된다는 뜻이다. 자극적인 관심사를 따라 몰려다니는 것이 원숭이와 다르지 않다. 몸 없이 사이버 공간을 떠돌며 연예인을 죽이고, 영혼 없이 실제 세상을 떠돌며 자신을 죽이는 것이 현대인이다. 재미도 의미도 없는 시간 때우기로, 귀한 시간은 또 얼마나 죽이고 있는지. 몸과 마음을 하나로 묶는 이유는, 다시 말해 요가를 하는 이유는, 지금 이 순간 지금 여기에 존재하기 위해서다. 온전하게 현존하는 충만은, 몸과 마음이 하나가 될 때만 누릴 수 있다. 다 행복하자고 하는 짓이다.

멈추어라

;지금 이 순간 여기에 존재하기

지금 이 순간 지금 여기에 존재할 수 있다면, 정말 행복해 질까? 젤린스키(Ernie J. Zelinski)라는 심리학자에 따르면 – 걱정거리의 40%는 절대 현실에 일어나지 않는 일이고, 30%는 이미 일어났거나 돌이키기에 늦은 일이고, 22%는 걱정 안 해도 될 사소한 일이고, 4%는 우리 힘으로는 도저히 바꿀 수 없는 일이고, 고작 나머지 4%만이 우리가 대처할 수 있는 진짜 사건이라고 한다. 현재를 개선할 수 있는 진정한 걱정에는 정작 마음을 쓰지 않는다는 뜻이다. 후회해 봐야 과거는 바꿀 수 없고, 걱정해 봐야 미래는 알 수 없다. 그런데도 마음을 과거나 미래로 보내놓고, 정작 우리는 지금 이 순간을 누리지 못한다.

요가는 지금 여기에 존재하는 몸에 마음을 묶어, 마음이 과거나 미래로 방황하지 못하도록 한다. 온전히 현재에 생각을 붙들어 두는 것이다. 간단히 말해, 요가는 마인드컨트롤이다. 요가의 경전인 《요가 수뜨라》는 이 목적부터 밝히면서 시작한다.

"요가는 마음의 움직임(작용)을 멈추는(억제하는) 것이다."●

　다시 말해 요가는, 과거와 미래 속을 부유하는 마음을 현재에 정박시킬 수 있는 수행을 말한다. 절제와 명상까지도 모두 포함하는 개념이다. 그런데 왜 사람들은 이리저리 몸을 꼬는 것을 요가라고 알고 있을까? 신체 단련을 중시하는 하타요가가 인도 밖에 가장 잘 알려져 있기 때문이다. 인도의 수행법이라면 마땅히 몸을 해탈에 이르는 도구로 쓰지만, 하타요가는 몸과 마음을 구별하지 않고 몸의 수행에 집중한다. 당연히 이 요가는 건강에 도움을 주기 때문에, 세계적으로 널리 수용될 수 있었다. 그래서 요가라면 온갖 '아사나(자세)'를 떠올리게 된 것이다.●●

　요가 자세를 취해 마음을 모을 수 있다고는 하지만, 사실 《요가 수뜨라》200구절 가운데 아사나를 언급한 구절은 세 개에 지나지 않는다. 정통 요가에서는, 쉽게 선정(禪定, 마음 집중 상태)에 들기 위해 몸을 단련할 뿐이다. 하지만 자세가 좋지

● 　1.2. Yogaś citta-vrtti-nirodhah.(요거슈 찟따-으룻띠-니로더허.)

●● 　하타요가의 대가인 파타비 조이스마저도 "요가는 내면 훈련이다. 나머지는 서커스일 뿐이다"라고 말한다.

않은 현대인에게, 몸의 수행은 잠시 스쳐가는 간이역이 아니다. 인도에 발을 들이자마자 하타요가를 시작했지만, 내 몸은 끝까지 명상에 비협조적이었다. 대나무라는 놀림을 받아가며 꿋꿋하게 버틴 결과, 내 몸이 왼쪽 앞으로 기울어져 있다는 사실만 겨우 알아낼 수 있었다. 초딩이 되기 전부터 책에 푹 빠진 내겐, 걸어 다니면서 책을 읽는 습관이 있었다. 그때 굳어진 구부정한 자세가 명상에는 치명적인 걸림돌이 된 것이다. 명상을 한다고 자리에 앉으면, 집중을 하기도 전에 허리가 아팠다. 할 수 없이 15분 명상을 했다. (끊어질 듯 허리가 아파오기 전까지, 보통 15분이 걸렸다.) 시간이 부족하다는 다급함 때문에, 처음에는 무척 빨리 마음을 모을 수가 있었다. 하지만 이력이 붙으면서, 같은 자세를 오래 견디지 못하는 몸은 그야말로 장애가 되었다. 스트레칭이라도 하타요가를 쉰 적은 없건만, 허리를 펴는 데에만 십 년이 넘게 걸렸다. 생활 습관이 쉽게 고쳐지지 않았기 때문이다. 어쨌든 명상 시간은 좀 늘렸느냐고? 삶이나 수행이나 쉬운 것은 없다. 허리가 대강 펴지자마자, 무릎 수술을 받았기 때문이다. 본토에서는 이단 취급까지 받는 하타요가지만, 수행 초기에는 든든한 버팀돌이 된다.

마음이 무슨 작용을 하기에, 마음을 멈춰 세우라는 것일까? 마음은 눈·코·입·귀·피부처럼 감각기관이다. 생각과 감정을 느끼는 작용을 한다.

"인도철학에서는 우리말의 '마음'이나 '정신'에 해당되는 인간의 심리적 요소를 다양한 용어로 세분화한다. '아뜨만'이라는 순수하고 참된 자아를 제외한다면 '마음, 자아의식, 지성'이라는 3가지가 대표적인 심리적 요소들이다. 마음보다 자아의식이 더 높고 자아의식보다 지성이 더 높다. 짙은 안개가 낀 숲속에서 강도를 만나는 상황을 예로 들자면, 험상궂게 생기고 칼을 든 사람을 강도라고 인지하는 것이 마음의 역할이고 그 강도로 인해 내 목숨이나 재산이 위험할 수 있다고 인식하는 것이 자아의식의 역할이고, 가진 것을 다 내놓아야 하는 상황인지 도망갈 수 있는 상황인지 판단하는 것이 지성의 역할이다."●

● 박효엽,《베단따의 힘》, p. 12.

제2장

몸을 닻 삼아

몸은 중요하다. 깨달음을 얻기 위한 수단이기도 하지만, 지금 이 순간 지금 여기에 존재할 수 있게 해주기 때문이다. 몸을 통해서만 우리는 현실에 깊이 뿌리를 내릴 수 있다. 발가락 끝이라도 부딪혀 보라. 생생한 아픔은 안드로메다를 헤매던 정신일지라도 당장 현실로 소환한다. 몸은 그렇게 솔직하고 즉물적이다. 배고프면 밥 먹고 나서 명상을 하고, 아프면 치료하고 나서 명상을 하라고, 무려 경전에도 나와 있다! 몸 자체가 바로 무의식이라는 것을 기억하자.●

●   젠들린, 《심리치유》, p. 6.

뿌리 내리기(안테나 세우기)

바로 서는 데만 십 년 넘게 걸린 이 몸이기에, 척추를 올바로 세우는 것이 수행의 시작이며 끝이라고 단언할 수 있다. 직립동물이라고 해서 인간이 다 제대로 설 수 있는 것은 아니다. 척추 전만·측만·후만에 거북목까지, 생활 습관이 만든 갖가지 굽은 자세는 건강뿐만 아니라 정신도 위협한다. 신체는 감정에 영향을 미치기 때문이다. 허리에 양손을 얹고 당당하게 서는 원더우먼 자세가, 없던 자신감도 불러일으킨다는 사실은 커디(Amy Cuddy) 교수만의 주장이 아니다. 우리 몸의 척추는 라디오의 안테나와 같다. 에너지의 통로이기 때문이다.

똑바로 서기(타다 아사나 tāḍa āsana*)

① 양발의 엄지발가락과 뒤꿈치가 서로 살짝 닿도록 두 다리를 모으고 선다.(가능하면 무릎을 붙인다.)

② 등과 어깨를 펴고 똑바로 선다. 가슴은 내밀고 배는 당긴다. 엉덩이에 힘을 주어 근육을 수축시킨다.

● 아사나는 '(요가) 자세'라는 뜻의 싼스끄리뜨 단어다.

③ 다리에 힘을 빼고, 발바닥 전체에 체중이 고루 실리도록 한다.

④ 정면을 바라보며 부드럽게 호흡한다.

그라운딩*

맨발로 어깨 너비로 서서, 대지와의 연결을 느껴본다. (눈을 감고) 양발을 굳건히 받쳐주는 대지를 느끼며, 안정감을 획득한다. 흙 위에서 하면 어싱(접지)이 되어, 유해 전자파를 몸 밖으로 배출할 수 있다.

깨닫기 직전 붓다는, 마라(마왕)를 물리치기 위해 오른 손가락으로 땅을 짚으며**, 대지의 여신을 증인으로 내세웠다. 대지는 언제나 우리를 지지해준다. 불안을 느낄 때, 눈을 감고 땅과의 연결을 느껴보자. 대지에 뿌리 내리는 안정감을 얻자.

● Somatic Experiencing(SE)의 기법 가운데 하나

●● 오른 무릎 위에 오른 손을 올리고 손가락 끝을 땅에 대는 항마촉지인.

중독

정신적 삶을 이끌어주던 신화적, 문화적 전통은 이제 거의 소실되었다. 우리는 더 이상 상투를 틀고 쪽을 찌는 관례를 올리지 않으며, 정화수를 떠놓고 빌지도 않는다. 수치심을 잊고 정신적인 공허를 메우기 위해 현대인은 - 정도의 차이는 있지만 - 카페인, 알코올, 니코틴, 도박, 게임, 포르노, 스마트폰 등등 만족의 대체물에 손을 댄다. 독서와 음악, 심지어는 봉사에도 중독된다. 고상한 취미라고 안심해서는 안 된다는 뜻이다. 사실 오늘을 사는 우리 다수가 중독자인지도 모른다. 가볍게 즐기기 시작한 것에 중독되기 시작하면, 삶은 토대부터 무너진다. 물론 요가와 명상은 중독의 늪에서 벗어나는데 큰 도움을 준다. 하지만 요가가 중독을 치료하지는 못한다. 중독 증상이 나타난다면, 자신의 상태를 인정하고 도움을 받는 것이 중요하다. 인도에서 알코올 의존증 요기를 만난 적이 있는데 - 술 때문에 몸이 망가지면, 그는 단식과 하타요가로 정화를 했다. 오히려 요가가 중독을 심화시킨 셈이다.

중독에 빠진 내 자신과 사람들을 관찰하면서, 재미있는 사실을 발견했다. 중독자는 자신이 중독되었다는 사실을 결코 인정하려 들지 않는다는 것이다. 언제든 끊을 수 있다고 장담하면서, 자기 삶을 이끌어가는 것이 자신이라고 착각한다. 안타깝지만, 삶을 끌어가는 것은 '나'가 아니다. 또한 그들은 자신이 즐기고 있는 양이 적당한 수준이라고 자위한다. 아무리 적은 양이라도 없을 때 허전하다면, 변명의 여지없이 중독이다. 하루도 쉬지 않고 홀짝거리며 몇 년을 보냈지만, 내가 실제 마신 알코올 양은 그리 많지 않다. 다만 매일 꾸준히 마셨을 뿐이다. 술 없이는 감정을 느끼지 못하는 증상 때문에, 갈수록 술에 의존할 수밖에 없었다. 그런 상황에서도 하타요가는 도움이 된다. 정화 과정을 촉진시키면서, 몸의 이상을 알리기 때문이다. (아사나는 몸 상태의 영향을 받는다.) 중독이 자기 파괴적인 이유는, 수치심을 일으키기 때문이다. 수치심은 중독을 부르고, 중독은 다시 수치심을 일으킨다.

어린왕자가 물었습니다.

"왜 술을 마시는 데요?"

"잊어버리려고 술을 마시지."

왕자가 물었습니다.

"뭘 잊어야 하는 데요?

주정뱅이가 대답했습니다.

"부끄러움을 잊으려고."

어린왕자가 캐물었습니다.

"뭐가 그렇게 부끄러운 데요?"

"술 마시는 게 부끄러워!"

중독에서는 무조건 빨리 벗어나야 한다. 그 무엇도 변명이
될 수 없다. 하지만 중독과 전면전을 벌이면(처음부터 완전히 끊
으려고 들면), 항상 완패한다. 게릴라전을 벌이면서, 지식과 전
문가를 죄다 동원하라.

〈음미하기〉

술이든 담배든 커피든 초콜릿이든⋯⋯. 입으로 섭취하는
것(약물 제외)에 중독되어 있다면, 그것을 섭취하는 과정을 백
년쯤 걸리도록 늘여보라. 잔에 담긴 술의 색과 향을 음미하고
나서, 혀끝으로 아주 조금 맛을 보고, 입 안에 머금고 굴린다.
목을 타고 넘어가는 느낌, 위장에서 올라오는 느낌, 혈관 속
에 스며드는 취기 등등, 길고 긴 음미의 절차를 만들어라. 지
정 장소와 특정 브랜드가 아니면 섭취하지 않는 방법으로, 진

입 장벽을 높이는 사전 절차도 효과가 좋다. 그러고 나서 섭취량이 충분히 줄면, 어찌 됐든 완전히 끊어라. 그리고 무알콜 음료처럼 바람직한 대체물을 찾자.

트라우마

정신의학에 무지한 나로서는, 트라우마(PTSD : 외상후 스트레스장애)를 정의할 수 없다. 하지만 엘리베이터를 타지 못하는 벗을 둔 덕에, 그것이 자신의 의지로는 극복할 수 없는 공포라는 것을 알고는 있다. 수영을 하지 못하는 사람이 바다에 빠지는 것과 비슷하다는 것도. 어처구니없게도, 다섯 살 무렵 낙인처럼 내게 찍힌 트라우마를 정작 나 자신은 몰랐다. 그것을 사소한 정신적 문제라고 생각했다. 가벼운 음성 틱도, 큰 소리에 얼어붙는 반응도, 의지로 극복할 수 있다고 여겼다. 그런 반응을 드러내는 자신을 가혹하게 비난할수록, 증상은 불거졌다. 물길을 막은 둑처럼, 명상의 성과는 트라우마 뒤에 고이기만 했다. 어느 날 애청 팟캐스트에 게스트로 나온 정신과 의사가, 전형적인 트라우마 증상을 설명하는 것을 들었다. 그가 말한 짧은 문장 하나가 트라우마라는 거대한 둑을 무너뜨렸다. 운이 좋았다. 하지만 우연은 없다. 십 년 넘게 아무 성과 없는 것처럼 보였던 수행이 조용히 범람의 때를 기다리고 있었던 것뿐이다. 돈오점수*, 아직도 내게는 희미하게 틱이 남아 있다. 그것이 나를 짜증나게 하지 않을 뿐이다. 내 경험에 비추어보면, 트라우마가 있다는 것을 인식하고 인정하는 것 자체가 치유의 시작이다. 이해할 수 없는 행동으로 인생의 고비마다 스스로 발목을 잡아본 적이 있다면, 트라우마를 의심해보라고 말하고 싶다. 관종으로 보일까봐 괜찮은 척 하지 말고. (물론 상처와 트라우마는 차원이 다르다. 트라우마는 생리적 현상이기도 하니까.)

트라우마가 있다면, 명상은 일단 피해야 한다. 머릿속에 같은 장면을 쉴 새 없이 상영해주는 것이 트라우마이기 때문이다. 정신적 피로를 덜어보려고 자리에 앉으면, 똑같은 '필름'이 멈추지 않고 돌아간다. 명상은 더욱 선명하고 생생하게 화면을 증폭시킨다. 그렇기 때문에, 트라우마를 지닌 사람에게는 명상이 위험할 수도 있다. 떠올리기만 해도 삶을 악몽으로 만드는 것과 마주해야 되기 때문이다. 건드리면 터지는 부비

● 돈오점수(頓悟漸修) ; 깨달음에 이를 때까지 점진적 수행을 해야 한다는 뜻

트랩 같은 것을 머릿속에 넣고 사는 이들이, 아슈람(수행처)에 들어와 돌연 목을 매거나 자신을 완전히 놓고 미쳐버리는 것은 드문 일이 아니었다. 자기 의지로 소용돌이 속에서 헤쳐 나올 수 있다고 믿는 것은 어리석다. 트라우마 치유에 필요한 것은 자신을 밀어붙이는 의지와 성찰이 아니라, 숨 쉴 구멍이다.

스티브 잡스를 타고 밀어닥친 서구의 수행 붐은, 명상을 만병통치약으로 만들었다. 하지만 명상은 상당히 위험한 도전이다. 단순한 스트레스 관리 수준을 넘어서면 그렇다는 말이다.

머릿속을 떠나지 않는 느낌과 감정과 기억에 휩쓸리면, 일단 다른 곳으로 주의를 돌리려고 노력해보자. 하지만 계속 머릿속에 그 잔상들이 멈추지 않으면 몸을 움직이자. 하타요가를 하자. 그리고 전문가의 도움을 구하라.

비구름을 내쫓는 방법

① 회상 멈추기

i) 소리 내어 "멈춰!"라고 명령한다. (멈출 때까지 반드시 계속한다.)

ii) 머릿속 장면을 사진처럼 고정한다.

iii) 그 사진을 문서 세단기에 넣는 모습을 상상한다.

첫 시도부터 머릿속이 잠잠해지지는 않는다. 핵심은 회상이 멈출 때까지 몇 번이고 명령을 내려야 한다는 것이다. 단호하게 반복해서 명하여, 반드시 자동실행을 중지해야 한다. 나중에는 단 한 번 소리 내어 말하는 것으로, 회상을 멈출 수 있어야 한다.

② 부정적인 내적 독백

"난 안 될 거야.", "내가 혐오스러워.", "난 머저리야." 따위의 혼잣말을 스스로에게 끊임없이 속삭이는 사람들이 있다. 그런 습관을 지닌 사람은 의식하지 않을 때에도 독백은 멈추지 않는다. 파괴적인 말을 시작하는 순간을 알아차리자. 자신이 저주를 뱉는 순간을 인지하는 것이 중요하다. 그리고 부정적 말과 감정을 내게서 분리시켜, 영화나 드라마에 나오는 대사처럼 흘려보내자.

③ 좋은 기억에 앵커링

부정적이고 절망적인 생각이 들 때 머릿속 색채를 바꿀 수 있는, 따뜻하고 행복한 기억을 찾아내자. 첫 가족 여행을 떠나던 날의 설렘, 사랑하는 이의 손을 처음 잡았을 때의 기쁨, 앙증맞은 새앙토끼를 처음 봤을 때의 놀람······. 그 순간을 떠올리면 절로 포근해지는 그런 기억이 필요하다. 그리고 그 기억을 생생하게 떠올리며 음습한 생각을 몰아내자. 행복한 기억은 질풍노도 속에서도 단단한 닻이 된다. 행복했던 순간의 사진이나 여행 기념품을 부적처럼 사용하자. 그런 기억이 하나도 없다고? 지금 당장 만들어라.

트라우마 치유요가

트라우마 치유요가(Trauma-sensitive Yoga : TYS)는 에머슨 (David Emerson)이 개발한 PTSD(Post traumatic stress disorder, 외상후 스트레스장애 치료법)의 보조 치료법이다. 자세나 지도자의 일방적 지시가 아니라, 수련자의 내적 경험을 중시한다. 자세만 보면 보통 요가와 다를 바 없지만, 요가 중에 일어나는 감각과 느낌에 주의를 기울인다고 한다. 트라우마 치료에 적합하도록 기존의 요가를 수정하고 보완한 프로그램이라고 할 수 있다. 2003년에 시작된 이 새로운 용도의 요가를 접할 기회는 없었지만, 뿌나에서 이미 비슷한 치유요가를 경험한 적이 있다. 위노드요가(Vinod Dulal Yoga)를 배운 성실한 도반 덕분이다. 이 '명상요가'를 가르쳐달라고 하자, 도반이 말했다.

"하던 요가 천천히 하면 돼. 느낌을 잘 관찰하면서."

격렬하고 어려운 요가를 싫어하는 나는, 느낌에 집중하며 쉬운 자세만 느리게 해보았다. 조용한 곳에서 홀로 하는 요가가 놀랍게도 좌선보다 훨씬 마음을 안정시켜 주었다. 자세를 수정하기 위해 누군가가 내 몸을 만지지 않는 것도 좋았다. 지시를 따라가기 위해 애쓸 필요 없는 것도. (하타요가가 제자리인 것은 이 때문이다.) 몸의 움직임에 호흡을 맞추고 자극이 느껴지는 부위에만 집중하다 보니, 시간이 멈춘 것 같았다. 머릿속도 잠잠해졌다. 좌선을 무서워하던 내게는 최적의 명상이었다고 볼 수 있다.

두려움을 무시하지 말자. 이유 없는 두려움은 없다. 요가를 배우지 않았어도 명상을 할 수 없어도, 몸을 지켜보면 두려움을 떨칠 수 있다.• 쉽게 할 수 있는 몸의 명상에는 들숨날숨과 자세 관찰이 있다. 들숨날숨은 숨을 느껴보는 것이다. 배, 가슴, 코……. 숨이 느껴지는 곳을 가만히 지켜보면 된다. 자세는 앉아 있다, 서 있다, 걷고 있다, 누워 있다 등 몸의 움직임

● 불교명상법을 다룬 대념처경(Mahāsatipaṭṭhāna Sutta)은 네 가지 명상 대상 가운데 하나로, 몸을 규정한다.

을 인식하는 것이다. 몸은 움직임이 커서 지켜보기 쉽다. 숨을 지켜보든 자세를 지켜보든, 몸에 의식을 머물게 하자. 감정과 느낌의 감각기관인 마음을 적절히 제어하지 않으면, 티스푼으로 찻잔을 젓는 것만으로도 마음은 태풍을 만들 수 있다.

무의식 설득하기

머릿속에서 멈추지 않고 돌아가는 장면에 신경이 너덜너덜해진 어느 날, 나는 넝마처럼 느껴지는 삶을 태워버리고 싶다는 욕망에 불타올랐다. (이성의 경고음이 제 역할을 하는 것은 제정신일 때뿐이다.) 방에 요가 선생이 남겨둔 양초가 한 자루 있었다. 불꽃을 응시하는 수행을 하다가 눈물을 줄줄 흘린 뒤로는 (안구건조증 때문에, 눈이 빠질 것 같았다.) 두 번 다시 켜지 않은 것이었다. 성냥이 없어 가스불로 초를 켰다. 창백한 형광등 아래서 촛불은 환하고 선명하게 제 존재를 펼쳤다. 날름거리는 불이 과거의 장면을 하나하나 삼켜나가고 있었다. 머릿속 필름이 남김없이 불살라졌다. 그 뒤로 거의 매일 초를 켰다. 과거가 불타 없어진다고 상상하니, 널뛰던 생각과 감정이 신기할 정도로 가라앉았다. 그 즈음 나는 몇 천 년 전 의례를 배우고 있었다. 아침에 눈을 떴을 때 읊는 주문이라든가, 물을 마실 때 외우는 주문이라든가……. 하여간 지금은 전혀 쓸 데 없어 보이는 의례의 주문, 절차, 형식 따위. 라이터를 사다 두고 날마다 불을 밝히던 나날 가운데, 문득 의례의 의미를 깨달았다. 몸, 무의식, 심층의식……. 뭐라고 부르든 인간의 내면에는 '나'가 아닌 타자가 있으며, 그 타자는 절대 말로는 설득되지 않는다. 이렇게 해야 된다 저렇게 해야 된다, 머리로 지시를 내려봐야 들은 척도 하지 않으니까. 심리학자 하이트(Jonathan Haidt)의 말처럼 – 이성이란 코끼리 위에 탄 무기력한 기수에 지나지 않는다. 말이나 논리로는 결코 코끼리를 움직일 수 없다. 눈앞에 뭔가 들이대야 비로소 코끼리가 움직인다. 진짜로 불이 지펴져야, 코끼리는 태워 없애야 할 것을 내놓는다. 의례·의식이라고 부르는 몸의 절차는 오늘날 '루틴'이라는 말로 바뀌었지만, 그것의 본질은 변함없다. 자신 안에 다른 '나'가 있다는 사실을 받아들여라. 그리고 그 '나'를 위해 루틴(일상의례)을 만들자. 미국의 무용가 타프(Twyla Tharp)는 매일 새벽 다섯 시 반에 일어나 택시를 타는 아침의식을 거행한다. 체육관으로 가는 택시에 몸을 싣는 행동은, 게으른 코끼리를 움직이는 마법이 된다. 수천 년 전부터 인도의 브라만*들은 동틀 때 일어나 목욕을 하고 신에게 꽃과 향을 올린다.

〈루틴 만들기〉

루틴은 정해진 시간과 장소에서, 일정한 절차에 따라 오감을 자극할 수 있는 도구와 움직임으로 행한다. 향은 후각, 음악은 청각, 향초는 후각과 시각, 허브티는 미각과 후각으로 우리를 깨운다. 좋아하는 자극을 선택하여 루틴 속에 배치하고 순서를 정해 루틴을 짠다. 삶의 의미나 이루고자 하는 목표의 상징을 사용해도 좋다. 글을 쓰는 이에게 만년필, 학문을 하는 이에게 책, 종교인에게 신상은 선명한 이미지를 전달한다.

아침의식 예시

일정한 시간에 일어나 씻고 나서, 창문을 활짝 연다.

● 힌두교의 신분제인 카스트는 신분뿐만 아니라 직업까지 지정하는 중요한 개념이다. 최상위 사제 계급인 브라만은 종교의식을 담당하고, 전사인 끄샤뜨리야는 왕족으로서 세상을 다스리며, 평민 바이시야는 농업과 상업 등에 종사한다. 이 상위 세 계급은 옛 경전인 베다를 배울 수 있다. 최하위 슈드라는 노예로서 상위 계급을 섬길 수 있을 뿐이다. 이들 네 계급에 속하지 않는 불가촉천민 계급도 존재한다.

양초를 켜고 향에 불을 붙인다.

그날 꼭 (해야 할 일이 아니라) 하고 싶은 일 하나를 떠올리며, 세부사항을 촘촘히 상상한다.

그 일을 마쳤다고 여기면 촛불을 끈다.

휴대폰 분리

집중이 필요한 시간에는, 전원을 끈 채로 휴대폰을 보이지 않는 곳(방 밖)에 내놓거나 상자에 담아둔다. 매일 정해진 시각에 행하고, 정해진 시간이 끝나면 다시 휴대폰의 전원을 켠다. 전원을 끄는 대신 비행기 모드로 바꾸어도 된다.

깨어있기

벗이 아내를 잃었다. 장례식에 참석한 친구들은, 모습을 보이지 않는 남편을 걱정했다. 자상한 성품의 친구 하나가 벗의 집을 찾아갔다. 그 벗은 가정부와 한창 재미를 보는 중이었다. 어이가 없어진 친구가 그에게 따졌다.

"부인 장례식 날에 대체 뭐하는 짓인가?"

그러자 그가 뻔뻔하게 대답했다.

"지금 난 너무 슬퍼서, 내가 무슨 짓을 하는지 모른다네."

아슈람에서 만난 서양인(국적은 묻지 않았다.)이 해준 이 이야기를 듣고, 나는 "저들은 자신들이 하고 있는 일이 무엇인지 알지 못하나이다"라고 한 예수를 떠올렸다. 누워 있지 않으니까 깨어있다고 착각하지만, 대부분의 사람들은 눈 뜬 채로 잠들어 있다. 오감에 강한 자극이 오면 잠시 정신을 차렸다가 다시 잠들어 버린다고 경전은 말한다. 제정신으로 살기가 얼마나 힘든지 공인한 셈이다.

깨어있는 것이 뭐라고 이렇게 어렵다는 걸까? 깨어있음은 곧 알아차림(Mindfulness)*을 뜻한다. 빨리(Pali)** 단어 사띠

- 티베트의 로종 수행법에서는 마음챙김과 알아차림을 구별한다.
  "마음챙김은 다소 의도적으로 주의를 기울여 대상을 더 명확히 인지하는 것이고, 알아차림이란 단순히 현존하는 것이다. 명상 문헌들에서 마음챙김이란 잊음의 반대라고 한다……. 마음챙김과 알아차림의 근본적 차이는 단순히 마음챙김은 의도적으로 불러일으키는 것이고 알아차림은 저절로 일어난다는 점이다."
  따렉 깝귄, 《로종》, p. 70.
  마음챙김에 익숙해지면 더 이상 노력하지 않아도 되는, "애쓰지 않는 알아차림"이 일어난다고 한다.
  아신 떼자니아, 《알아차림만으로는 충분하지가 않습니다》, p. 28. 참조.
- ● 불교 삼장의 언어

(sati)의 번역이다. 주의를 기울여 지금 이 순간을 알아차림으로써, 뇌에 탑재되어 있는 자동실행모드가 저절로 작동하는 것을 막는 것이 알아차림이다. 차 운전에 익숙해지면, 대화를 하면서도 차를 모는 것이 어렵지 않다. 무의식적으로 운전을 할 수 있기 때문이다. 자동실행모드는 우리가 의식하지 못하는 사이에 일을 처리한다. 일상생활을 수월하게 해낼 수 있는 것은 그 덕분이다. 편리하고 편안한데 뭐가 문제냐고? 브레이크 대신 엑셀 페달을 밟아버리는 실수도, 계단이 있는 줄 알고 비상구를 열었다가 추락하는 사고도 이 상태에서 일어난다. 당연히 그럴 줄 알았지만 그렇지 않기 때문에, 우리는 돌이킬 수 없는 일을 저지른다. 더 심각한 것은 어쩌다 벌어지는 사고가 아니라, 비몽사몽의 삶 자체다. 제대로 깨어 있지도 않으면서, 삶과 행복을 어떻게 음미할 수 있을까. (졸면서 밥을 먹으면 무슨 맛인지 알 수 있나?) 살아 움직이는 생생한 느낌을 찾아, 우리는 잠이 확 달아날 만큼 강한 자극을 찾게 된다. 건전하게 익스트림 스포츠, 불건전하게 도박이나 약물 따위를. "그러니 깨어 있으시오."[•]

● 마태 (24 : 42)

〈한 번에 하나씩!〉

걸으면서 휴대폰을 보거나 딴 생각에 빠지지 말 것. 음악이나 팟캐스트를 들으면서 일하거나 운동하지 말 것. 딱 한 가지에만 집중할 것. 집중이 어려우면, 몸의 느낌이나 움직임을 따라갈 것.

〈멍 때리기〉

2014년, 뉴스를 보다가 환호했다. 서울에서 멍 때리기 대회가 열린 것이다. 웬만한 집 가훈이 근면 아니면 성실인 우리나라에서, 이런 뻘짓 대회가 열리다니. 멍 때리기(brain fade)는 뇌를 쉬게 하지만, 그렇다고 뇌가 그냥 노는 것은 아니다. 뇌가 아무런 활동을 하지 않을 때(멍 때리고 있을 때), 뇌의 DMN(default mode network*) 영역이 활성화되기 때문이다. 창의력과 자의식은 바로 이 부위에서 나온다고 한다.

사실 멍 때리기는 기초 명상으로도 손색이 없다. 생각에 빠져들지 않고 그저 흘려보내기 때문이다. (눈앞에 산이 보이는 곳으

● 멍한 상태에서 활발해지는 뇌의 영역으로 휴지 상태 네트워크(Rest State Nework)라고
도 한다. 서로 연결되지 못하는 뇌의 각 부위를 연결하여, 창의성과 통찰력을 높여 준
다고 한다.

로만 이사를 다닌 이유가 멍 때리기를 위해서라는 것을 당당히 밝힌다.)

멍 때리기의 잔기술

① 온몸에 긴장을 풀고 (눈도 풀고), 편한 자세로 앉는다.

② 먼 산(아니면 원경)을 바라본다.

③ 도중에 몸이나 시선을 움직이거나 자세를 바꾸어도 상관없다. 다만 천천히 움직여라.

④ 단 몇 분이라도 효과는 확실하다. 부지런히 멍을 때리는 것이 중요하다.

제3장

감정으로 나를 알아차리다

우리의 이성은 매우 시끄럽기 때문에 머리가 소리치는 것을 듣지 못할 리가 없다. 이래야 한다는 둥 저래야 한다는 둥, 끊임없는 불평과 잔소리를 멈추는 것이 더 어렵다. 하지만 코끼리(심층의식)는 말을 못한다. 마음을 쏟아 느낌을 살피지 않으면, 무의식적 의도를 파악할 수 없다. 자신의 깊은 속내를 알려면, 행동과 생각을 가라앉혀야 한다. 생각은 행동 밑에, 느낌은 생각 밑에 숨기 때문이다. 숨 가쁘게 달음박질치면서, 차분히 생각하기는 어렵다. 머리 아프게 이런저런 계획을 짜면서, 마음속 느낌을 관찰하기도 어렵다. 자신이 정말 무엇을 원하는지 알고 싶다면 우선 행동을 가라앉히고 그런 다음 생각을 가라앉혀야 한다. 그래야 느낌을 알 수 있다. 그 느낌이야말로 무의식적 의도이자 원하는 것을 가리키는 방향타다.

가만히 앉아서 명상을 하는 데는 다 이유가 있다. 어디로 가고 싶은지도 모르면서, 열심히 산에 오르지 말자. 운 좋게 정상을 밟았더라도, 바라던 풍경을 보지 못할 것이다.

무감정이 보내는 경고

모처럼 한 자리에 모인 사부님 세 분을 모시고 영화관에 간 적이 있다. 〈혈의 누〉라고, 내가 예매한 영화였다. 흥미진진한 살해 장면마다 왜 그분들이 눈을 가리며 고개를 돌리시는지, 나는 몹시 의아했다. 그 뒤로 일 년이 더 지나고 나서야, 내게 뭔가 문제가 있다는 것을 깨닫게 되었다. 팔천 미터가 넘는 K2 거봉 앞에 섰는데, 아무 감흥이 없었다. 함께 데려간 열 살 아이 셋은 유채꽃이 핀 골짜기가 모습을 드러낼 때마다 지프 위에 올라서서 미친 듯이 '아기 염소' 동요를 불러댔다. 애들도 아는 것을 나만 몰랐다. 카라코람을 넘을 때, 사부님이 잠든 나를 깨우기도 하셨다. 장엄한 히말라야를 보지 못하면, 평생 후회할 것이라고. 하지만 나는 흐리멍덩한 눈을 들어 창밖을 한 번 보고는, "참 아름답네요"라는 교과서적 대사를 읊고는 다시 잠들어버렸다. (잿빛 산을 기어오르는 초록빛과 노란빛이 뭐 별 거라고.) 이런 나 자신을 이해하는 데는 무척 오랜 시간이 걸렸다. (소시오패스 테스트를 해보기도 했다.)

냉정과 무감정은 다르다. 무감정은 삶에 대한 의지가 없고, 온 세상이 회색으로 보이는 무기력한 상태를 말한다. 자책과 쓸모없다는 느낌 때문에 자살로 이어지기 쉽다. 물론 노숙자가 아닌 이상, 이렇게 희망 없는 상태에 늘 머무는 사람은 많지 않다. 에너지가 조금이라도 있으면 분노 상태에 머물게 된다. 무감정은 몸과 기분이 벼랑에서 떨어진 것 같을 때 찾아온다. 이 암울한 덫에 잡히면, 항상 자살 충동에 시달리게 된다. 여기서 빠져나오는 유일한 수단은 의지뿐이다. 그렇지만 자신의 의지만으로는 덫에서 벗어날 수 없다. 자신의 의지로는 삶을 어찌지 못한다는 항복 선언, 즉 바닥을 치는 경험이 일어나야 삶에 진정한 의지가 작동하기 시작한다.

〈소리 내어 말하기〉

신에게든 인간에게든 말해라, 구해 달라고. 스스로를 구할 수 없으니 부디 자신을 구해 달라고, 용기 내어 입 밖으로 소리를 뱉어라. 간청하지 않으면, 신의 만찬에 초대받지 못한다. 신을 믿지 않아도, 신성에게 간구할 수 있다. 신을 믿지 않는

것은 물론, 돈을 걷는 종교라면 죄다 장사라고 여기는 나조차
도 이따금 신성에게 말을 건넨다. (이런 행위를 '기도'라고들 한다.)
굳이 신이나 신성에게 기도하지 않아도 된다. '나' 자신에게
기도하라.

〈원숭이와 고양이의 신〉

인도에서 말하는 신의 구원은 두 가지로 나뉜다. '원숭이의
길'과 '고양이의 길'이다. 새끼 원숭이는 제 어미의 가슴에 힘
껏 매달려야 한다. 신을 따르려면, 개인의 노력이 중요하다는
입장이다. 반면 새끼 고양이는 어미가 물어 안전한 곳으로 데
려간다. 구원자인 신의 의지가 중요하다.

인도의 신은 융이 말한 자기(Self)*와 비슷하다. 자기가 자
신을 포기했을 때, 세상(신)이 자신을 포기한 것처럼 느끼게
된다. 그럴 때는 새끼 원숭이처럼 매달려라. 삶과 자신에, 신
과 세상에 매달려 떨어지지 마라. 한편 세상이 자신에게 너그

● "자아(ego)가 의식적 인격의 중심인 것처럼 자기(Self)는 전체 정신(의식과 무의식을 합친
정신)의 질서 및 합일적 중심이다. 다른 말로 하면, 자아는 주관적 정체성의 자리인 반
면, 자기는 객관적 정체성의 자리다. 따라서 자기는 최고의 정신적 범위이며 자아를 자
기에 종속시킨다. 간단하게 표현하면, 자기는 내면의 경험적 신성으로서 하느님 형상
과 동일한 것이라 할 수 있다."
에딘저, 《자아 발달과 원형》, p. 16.

럽고 관심을 가질 때는, 새끼 고양이처럼 자신의 의지와 노력을 시험해보라. 새끼를 지켜보듯, 신과 세상이 당신을 지켜볼 것이다.

주 감정

마음은 빈 방과 같다고 경전은 말한다. 그 방에는 쉴 새 없이 생각과 감정이 드나든다. 마음은 비어 있고, 그 마음에 담기는 것들도 비워진다. 비었거나 비워질 것을 두고, '내 마음'이라든가, '내 감정'이라고 하는 것은 우습다.

우리의 감정은 여러 색채가 합쳐진 스펙트럼 같다. 왼쪽에는 증오, 수치심, 좌절감, 절망, 후회 등의 부정적인 감정이, 오른쪽에는 용기, 신뢰, 용서, 사랑, 기쁨 등 긍정적인 감정이 자리하고 있다. 이 스펙트럼 가운데, 힘센 감정은 위로 솟아오른다. 가장 볼록한 중앙에 위치한 것이 주된 정서다. 마음이라는 방에 가장 오래 죽치고 있는 감정을 말한다. 감정의 에너지 총합은 정해져 있으므로 – 곡선의 높이가 낮고 평퍼짐할수록 주 감정뿐만 아니라 다른 감정도 잘 느끼고, 곡선의 높이가 높고 뾰족할수록 주된 감정에 오래 머물게 된다. 높낮

이를 조절하는 것보다, 곡선 자체를 오른쪽 영역으로 옮기는 것이 중요하다.

평소의 자신을 떠올려보자. 이유 없는 우울이나 불안에 잠겨 있는지, 돈을 벌겠다는 욕망 때문에 의욕이 넘치는지, 삶이 대강 만족스러운지, 아니면 이도저도 다 귀찮은지. 마음의 붙박이 손님을 알아보는 데는, 호킨스 박사(David R. Hokins)의 의식지도가 도움이 될 것이다. 내가 알게 모르게 빠져 있는 감정은 무엇일까?

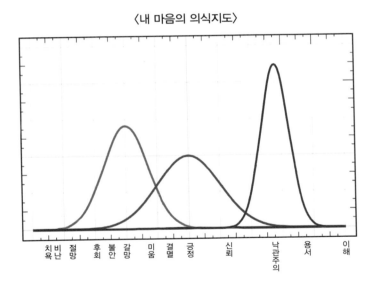

〈내 마음의 의식지도〉

자신에게 가장 잘 들어맞는 설명을 몇 개만 고른다.

- □ 정직하려고 노력한다.
- □ 단기적 목표보다 장기적 목표를 우선한다.
- □ 냉정한 비판을 잘한다.
- □ 종종 절망을 느낀다.
- □ 타인의 시선에 그다지 신경 쓰지 않는다.
- □ 때로 내 자신에게 실망한다.
- □ 내 삶에는 특별한 의미가 있다.
- □ 기회가 될 때마다 다른 사람을 기꺼이 돕는다.
- □ 종종 화가 난다.
- □ 늘 아주 우울하다.
- □ 세상이 가끔 나를 짜증나게 한다.
- □ 내가 꼭 뭔가를 바로 잡을 필요는 없다.
- □ 낙관적이다.
- □ 가끔은 죽고 싶다.
- □ 삶이 대체로 만족스럽다.
- □ 감정에 휘둘리지 않고 늘 이성적으로 생각하는 편이다.
- □ 동의와 인정을 받는 것이 중요하다.
- □ 죄책감에 사로잡혀 있을 때가 많다.
- □ 내세워야 할 때는 내세운다.

□ 불만족스러운 과거를 자주 떠올린다.

□ 삶을 즐긴다.

□ 이유 없이 불안하다.

□ 굳이 인정받으려고 노력하지 않는다.

□ 회한에 젖어 있을 때가 많다.

□ 특별한 사람으로 인정받고 싶다.

□ 장래가 걱정스럽다.

□ 자신을 신뢰하는 편이다.

□ 잘 삐진다.

□ 자기주장이 강한 편이다.

□ 굳이 잘잘못을 따지지 않는다.

	자기에 대한 관점	주 감정
정직하려고 노력한다.	실행할 수 있음	긍정
단기적 목표보다 장기적 목표를 우선한다.	조화로움, 이상	용서 이상
냉정한 비판을 잘 한다.	요구가 많음	경멸
종종 절망을 느낀다.	희망 없음	절망
타인의 시선에 그다지 신경 쓰지 않는다.	만족스러움, 이상	갈망

때로 내 자신에게 실망한다.	실망스러움	갈망
내 삶에는 특별한 의미가 있다.	의미 있음	이해
기회가 될 때마다 다른 사람을 기꺼이 돕는다.	희망적임, 이상	낙관주의
종종 화가 난다.	적대함	미움
늘 아주 우울하다.	가증스러움	치욕
세상이 가끔 나를 짜증나게 한다.	가증스러움	미움
내가 꼭 뭔가를 바로 잡을 필요는 없다.	조화로움, 이상	용서 이상
삶에 낙관적이다.	희망적임, 이상	낙관주의
가끔은 죽고 싶다.	희망 없음	절망
삶이 대체로 만족스럽다.	만족스러움, 이상	신뢰
감정에 휘둘리지 않고 늘 이성적으로 생각하는 편이다.	의미 있음	이해
동의와 인정을 받는 것이 중요하다.	요구가 많음	경멸
죄책감에 사로잡혀 있을 때가 많다.	악함	비난
내세워야 할 때는 내세운다.	실망스러움	갈망
불만족스러운 과거를 자주 떠올린다.	비극적임	후회
삶을 즐긴다.	희망적임, 이상	낙관주의

이유 없이 불안할 때가 많다.	겁남	불안
굳이 인정받으려고 노력하지 않는다.	만족스러움, 이상	신뢰
회한에 젖어있을 때가 많다.	비극적임	후회
특별한 사람으로 인정받고 싶다.	실망스러움	갈망
장래가 걱정스럽다.	겁남	불안
자신을 신뢰하는 편이다.	실행할 수 있음, 이상	긍정
잘 삐진다.	적대함	미움
자기주장이 강한 편이다.	요구가 많음	경멸
굳이 잘잘못을 따지지 않는다.	조화로움, 이상	용서 이상

사회적 계급은 삶에 굴레를 씌운다. 하지만 우리를 실제로 고통에 빠뜨리는 것은, 스스로에게 씌운 '관점'의 굴레다. 나는 이러저러하고, 바로 그런 사람이 되어야 한다는 강박.

기분이 좋을 수 있도록, 자신을 꼼꼼히 보살피자. 잘 먹이고 잘 재우자. 운동과 기분 전환에 힘쓰자. 그리고 애써 소확행을 찾아내서 자주 누리자.

부정적인 내적 독백에 답하기

습관적으로 일어나는 부정적 생각과 독백에 맞서기 위해서는, 논리적이고 합리적인 반박이 필요하다. 왜곡된 생각과 부정적인 사고가 일어날 때, 당당하고 타당하게 맞받아친다.

"난 너무 무능해." vs "모든 일을 다 잘할 수는 없어. 잘할 수 있는 일만 잘하면 돼."

"난 정말 루저인 것 같아." vs "성공할 때도 있고, 실패할 때도 있지. 매번 성공할 수는 없어."

"평생 하찮은 일이나 하다가 죽게 될 거야." vs "알바를 몇 달이나 했다고 그래?"

음미하는 먹기

뿌나에서 첫 겨울을 날 때, 간디 자연치료 아슈람에서 여드레를 보냈다. 인도 전통의학인 아유르베다의 처방에 따라, 몸과 관련된 모든 것을 정비하는 곳이다. 새벽에 일어나, 건포도 다섯 알과 물 한 잔을 최대한 천천히 먹는 것으로(처방이 그랬다.) 일과를 시작했다. 손톱만한 건포도 한 알이 얼마나 경이로운 맛과 식감을 선사하는지. 진정한 진미는 진귀한 식재료가 아니라 음미의 속도에 달려 있다. 음식을 음미하는 것으로, 인생을 즐기는 데 적합한 속도를 찾아보자. 어떤 음식이든 최대한 천천히 씹으면서 색과 향, 맛과 식감을 음미하면 된다. 시작은 사과나 건포도처럼 과일이 좋다.

무감각,
치료가 필요한 병

삶이 잘 풀려나갈 때를 조심하라. 인생의 맛을 알아나갈 즈음, 내 인생 최악의 사고가 터졌다. 자기 삶을 정면으로 마주하고 책임을 지는 태도는 물론 중요하다. 그러나 막 교통사고를 당한 사람이 사고를 수습할 수는 없는 노릇이다. 회피든 도피든, 자신을 추스를 때까지 기다리자. 사고보다 무서운 게 후유증이니까.

무감각은 아직 스트레스나 트라우마로부터 회복하지 못했다는 증거다. 정신적 충격을 처리하려고 섣불리 덤볐던 성급함의 대가를, 나는 미각을 잃는 것으로 치렀다. 간디 아슈람에서 간이 거의 되어 있지 않은 음식의 맛도 생생히 느끼던 혀는 상한 음식도 골라내지 못할 만큼 둔해졌다. (자주 배탈이 났다.) 어느 날은 부추전을 부쳤다. 고국에서 씨를 가져와,

옥상에서 키운 귀한 부추를 받았던 것이다. 한 면을 익혀 뒤집어놓고 나서야, 반죽에 소금을 넣지 않았다는 사실을 깨달았다. (간장이 있을 리가.) 뒤늦게 소금을 직접 전 위에 뿌리다가, 소금 단지를 엎고 말았다. 부추가 아까운 나머지 전에서 소금을 털어내고 맛을 보니, 그런대로 간이 맞았다. 부추전이 전부인 점심을 먹고 있는데, 룸메이트가 돌아와 젓가락을 댔다.

"뭐야, 짜다 못해 쓰잖아!"

전을 뱉어내며 내지르는 소리에 아랑곳하지 않고, 나는 그 전을 다 먹었다. (고집은 어리석음의 증표다.) 그런 미각이 회복되는 데는 15년쯤 걸렸다. 괜찮지 않은데 괜찮다고 자신을 윽박지른 결과다. 무감각은 자기 감정을 느끼지 않기 위한 방어 기제다. 감정을 제대로 맛보기 위해서는 소화 과정이 필요한데, 무감각은 맛도 보지 않고 꿀꺽 삼켜버린다. 미처 씹히지도 않은 감정이 몸에 들어와 소화 불량을 일으킨다. 소화시킬 수 없는 것은 토해내자. 그대로 삼키면 마음부터 망가진다. 무감각도 무감정처럼 마음의 병이다. 무감정이 진행 중인 병이라면, 무감각은 후유증에 가까울 뿐.

그림자
직시하기

　인간에 대한 이해가 얕은 사람은 지킬 박사가 하이드를 떼어내듯이, 단점을 고치면 자신이 완벽해질 것이라고 착각한다. 하지만 빛이 있으니 그림자가 생길 수밖에. 보여주고 싶은 모습(페르소나)만 드러나기 때문에, 감추고 싶은 모습(그림자)은 숨는다. 사람 만나면서 이 꼴 저 꼴 다 보여줄 수는 없지 않느냐고? 그렇긴 하다. 페르소나는 세상과 만날 때 우리가 습관적으로 취하는 태도다. 누구나 피부처럼 드러나는 겉 성격을 가지고 있다. 하지만 피부처럼 자연스러운 보호막이 아니라, 두껍고 인위적인 가면을 쓰기 때문에 그림자는 음험해진다. 빛이 강할수록 그림자는 짙다.

　"선하기보다는 아내를 때리지 않으려고 더 노력합니다."

　라다크의 레에서 우연히 만난 목사님이 이렇게 자백했을 때, 나는 경악했고 내 벗은 고개를 끄덕였다. 페르소나가 성격이라고 믿을 만큼 나는 순진했고, 베일 밑에는 민낯이 있기 마련이라고 알 만큼 내 친구는 현명했다. 교인들이 신의 대리인에게 투사하는 빛이 견딜 수 없이 따가워서, 그 목사님의 그림자는 그토록 깊어졌으리라. (그 뒤로 스님들의 여성 편력 자랑질이 덜 역겨워졌다.) 다시 보지 않을 이들에게나마 자신의 문제를 털어놓았던 용기는, 자신의 그림자를 외면하지 않은 직시에서 나왔을 것이다.

가면과 자신을 동일시하지 말고, '척' 하지 말자. 자신의 감춰진 모습을 외면하지 말고 똑바로 보자.

자기계발, 불가능한 도전

자기계발은 코끼리를 다이어트 시키겠다고 덤비는 것과 같다. 울타리(자기 통제)를 치는 일꾼들에게 제 먹이(에너지)를 빼앗겨도 당분간은 잠잠하겠지만, 코끼리가 폭주하는 것은 시간문제다. 코끼리를 묶어 두겠다는 생각을 버리고, 긴 시간을 두고 길들이자. 좋은 습관을 만들자는 뜻이다. 낯선 습관을 만들기 시작할 때는, 아주 사소하게 시나브로 시작하라. (5초 청소, 5분 운동 등) 별안간에 바꾸면, 코끼리가 반항한다.

억지 긍정

긍정적인 생각과 감정은 삶이라는 길에 켜지는 초록빛 신호등과 같다. 하지만 부정적인 생각과 감정도 삶을 되돌아보기 위해 꼭 필요한 정지 신호다. 억지로 긍정을 가장하지 말자. 그림자를 만들 뿐이다. 자신을 속인 대가는 언제고 비싸게 치르게 된다.

〈웃음요가〉

뿌나와 뭄바이 사이에 '물시'라는 호수가 있다. 피크닉 삼아 다녀올 수 있는, (바이크로) 두세 시간 거리에 있다. 시험이 끝나 물시에 놀러간 어느 날, 호숫가에서 웃기는 사람들을 보았다. 서른 남짓한 사람들이 원을 이루고 서서 큰 소리로 웃고 있었다. 가슴을 열고 양팔을 젖힌 채 내는 웃음소리가 살짝 억지스럽기는 해도, 지켜보는 나까지 유쾌하게 했다. (나중에서야 나는 그들이 카타리아(Madan Kataria) 박사가 창안한 웃음요가를 하고 있다는 것을 알았다.) 십 분 넘게 계속 웃는 것이 힘들어 보이지도 않았다. 무표정 때문에 동아리 방에서 쫓겨난 적이 있는 나는, 웃는 데도 연습이 필요하다는 사실을 비로소 깨달았다. 그렇다고 그 사람들처럼 무작정 웃을 수도 없어서, 코미디 프로그램을 보면서 웃는 것을 연습하기로 했다. 하지만 첫 연습은 무참히 실패했다. 인간을 희화화하는 것을 보면서 웃을 수는 없었기 때문이다. 관찰 예능으로 프로그램을 바꾸자, 드디어 연습이 순조로워졌다. 웃을 기회를 잡아 웃게 되었을 때, 이번에는 다른 문제를 알게 되었다. 내가 듣기에도, 내 웃음소리가 기괴했던 것이다. 끽끽거리는 웃음소리를 들으니 더 우울해질 지경이었지만, 꿋꿋하게 (방문을 닫아 걸고) 혼자 웃었다. 순전히 유느님의 덕이었다. 원래 목적은 까맣게 잊은 채, 나는 고국에서 수고롭게 CD로 구워 보내는 예능에 푹 빠졌다. 이 취미가 십 년을 넘어가니, 웃음소리도 훨씬 자연스러워졌다. 기분이 좋기 때문에 웃기도 하지만, 웃으면 기분이 좋아진다는 것을 진작 알았더라면.

억지 긍정은 잡동사니를 가득 담은 상자 같다. 지저분한 것들을 눈에 보이지 않게 치워 둘 수는 있지만, 이미 가득 찬 상자는 어느 때고 터져 나온다. 감정은 감추고 억누를 수 있는 것이 아니기 때문이다. 억지 긍정으로 자신을 속이지 말고, 이왕이면 억지웃음을 지어보자. 웃음에는 가짜가 없다. 일단 웃으면 행복해진다.

제4장

진정한 행복의 토대

불교학부에서 어느 날은 고명한 스님을 강사로 모셨다. 그분의 책이 깊고 넓은 감명을 주었던 터라 – 큰 수레*가 왔으니, 올라타기만 하면 되지 않을까 – 모두들 기대가 컸다. 깨달음이 뭔지를 설하는 강연 끝에 질의가 이어지자, 학생 하나가 끈질기게 '어떻게' 깨달음에 도달하는지를 물었다. 같은 질문이 몇 번 되풀이된 끝에, 스님이 일갈했다.

"그냥 다 놓아버려!"

불립문자**를 내세우는 선종에서 말로 뭔가를 이해하기란 쉽지 않다. (동양의 가르침은 말이 멈추었을 때부터가 진짜다.) 그래서 빨리 경전에는 "와서 보라!"라는 표현이 자주 등장한다. 말로

● 　대승

●● 　진리는 문구(경전)로 전해질 수 없다는 뜻

는 설명할 수 없으니, 직접 보고 따라하라는 뜻이다. (그래서 말로는 안 되는 가르침을 전해주는 스승의 역할이 중요하다.)

아무리 말로 하기 어려운 가르침이라도, 커리큘럼 정도는 있다. 불교는 계·정·혜 삼학, 요가는 8단계를 따른다. 단계별로 차근히 밟아나가면, '감'을 잡을 수 있다. 친절하게 설명해주지 않는다고 불평하지 말고*, 안내표지판만 차례로 따라가자. 인도의 가르침은 막판까지 가야 스코어를 얻을 수 있는 게임이 아니라, 걸음마다 몸과 마음이 가벼워지는 운동이다.

김 빼기
;복식호흡으로 화 다스리기

비슈누파도 아닌데, 어느덧 미간에 주름이 두 줄 잡힌다. (쉬바파 수행자는 三자를, 비슈누파 수행자는 U자를 이마 한가운데 재로 그려 넣는다.) 치솟는 화가 이마에 고이는 탓이다. 짜증과 분노의 흔적이 인상만 망가뜨려서 다행이랄지. 예전에는, 미처 빠져나가지 못한 화가 몸에 염증을 일으키곤 했다. 잇몸에 고름이

---

* 사실 경전을 비롯해 주석서와 복주석서도 많다. 옛 언어를 이해하기가 어려울 뿐이다.

차는 동일 부위, 동일 병증으로 수술만 대여섯 번 받았다. 집도 교수가 혀를 차며 말했다.

"재발 케이스는 내 평생 처음 봐."

심리와 신경과 면역 간의 밀접하고도 민감한 상호작용은 정신신경면역학(pshychonueroimmunology)을 탄생시켰다. 스트레스 때문에 몸져 누울 수도 있다는 것을 의학계가 뒤늦게 공인한 셈이다. 치솟는 짜증과 분노를 몸속에 계속 가둬 두면, 부정적 감정이 몸의 약한 부분을 공격한다. 그렇다고 뚜껑이 열릴 만큼 화를 내기도 쉽지 않다. (내 사부 한 분은 의자와 멱살을 즐겨 잡으셨지만.)

화가 솟구칠 때 김을 빼는 방법이 있다. 주전자 뚜껑에 있는 숨구멍처럼, 복식호흡을 크게 하여 분출구를 여는 것이다. 깊은 들숨으로 배꼽 바로 아래를 세 번만 부풀려도, 터질 듯한 화는 일단 빠져나간다. 몸이 스트레스에 반응하기 전에 긴 숨을 쉬어보자.

〈복식호흡〉

숨을 쉴 때 어깨와 가슴이 오르내리면 흉식호흡이다. 아랫배만 부풀어야 배로 쉬는 복식호흡이다. 배꼽 아랫부

분(단전)이 최대로 튀어나오도록 깊이 숨을 들이마시고, 최대로 들어가도록 끝까지 숨을 내쉬어보자. 배를 쥐어 짜듯이 숨을 끝까지 내쉬는 것이 요령이다.

숨이 얕거나 복식호흡에 익숙하지 않다면, 매일 5분씩 연습을 하는 것이 좋다. 똑바로 누워 양발과 손을 편안하게 벌린 채, 한 손을 배꼽 위에 얹는다. 횡격막을 아래로 잡아당긴다는 생각으로, 배가 풍선처럼 터질 듯이 부풀어 올랐다가 꺼지는 것을 느껴본다.

긴장 털어내기

빨리 석사를 마치고 쌴스끄리뜨 석사 과정에 들어서면서, 근긴장성 두통에 시달렸다. 세미나, 리포트, 원어 구술과 작문, 기말고사까지, 과목당 5번의 시험을 치러야 했다. 학기당 네 과목이니까 총 스무 번의 시험을 통과해야 했던 셈이다. 스트레스 때문에 생긴 목과 머리의 근육 수축이 두통을 가져왔다. 수면시간도 부족한데, 파워풀한 요가를 할 시간과 기운은 당연히 없었다. 어깨가 뻣뻣해져서 목이 뚝 부러져버릴 듯이 아프면, 아유르베다 마사지를 받으러 갔다. 임시방편이었다. (곧 어깨와 목에는 타이 마사지가 훨씬 효과적이라는 사실을 발견했다.)

오랜 시간 같은 자세를 고수하는 습관은 온몸에 여러 가지 문제를 일으킨다. 경직이 심해질 때마다, 적절한 요가 동작을 찾기보다는(귀찮았다), 몸을 이리저리 흔들었다. 사지에 힘을 빼고 해파리처럼 흐느적거리다 보면, 신기하게도 빠르게 긴장이 사라졌다. 양팔을 벌리고 제자리에서 빙글빙글 도는 수피춤을 흉내내 보기도 했다. (어지러워서 오래 돌지는 못했지만.) 책상 고행기를 무사히 넘긴 것은, 이 근본 없는 흐느적거림 덕분이다. 몸에 쌓이는 긴장을 털어내고 싶으면, 몸을 방정맞게 흔들어보라.

어깨 올리기

어깨 너비로 다리를 벌리고 똑바로 선다. 양 어깨를 귀에 붙일 듯이 위로 힘껏 끌어올렸다가, 일시에 어깨에서 힘을 빼고 툭 떨어뜨린다. 어깨를 끌어올린 다음, 떨어뜨리기 전에 뒤로 젖혀도 된다. 몇 차례 반복한다.

5리듬 댄스

미국의 춤 치료 전문가인 가브리엘 로스(Gabrielle Roth)

가 창안. 다섯 가지 리듬의 춤을 통해, 치유와 명상으로 나아간다. 하지만 이 춤을 따로 배울 필요는 없다. 각기 다른 리듬의 음악에 맞춰 몸을 흔들기만 하면 되니까.

Youtube   https://youtu.be/CA_RlOzHlSI

오일풀링(oil-pulling)

아유르베다(Āyurveda)는 (긴) 삶을 뜻하는 āyus와 veda 가 합쳐진 말이다. 베다는 vid(알다)에서 파생된 명사로, '앎', '지식'이라는 뜻을 가지고 있지만, 통상 힌두교의 옛 경전을 지칭한다. 4개의 베다 – 르그, 사마, 야주르, 아타르와와 – 가운데 주술을 다루는 아타르와 베다에 아유르베다의 뿌리가 있다. 치병을 목적으로 하는 주술이, 의술인 아유르베다로 발전했기 때문이다. 2500년이 넘는 역사를 자랑하는 인도의 한의학이다. 사람의 체질을 크게 바람(vāta), 담즙(pitta), 점액질(kapha)로 나누어 식이요법, 마사지, 명상, 호흡, 아사나 등 다양한 섭생법을 제시한다. 갖가지 허브와 천연물을 쓰는 대체의학이라고도 할 수 있다.

오일풀링은 아유르베다의 디톡스 요법이다. 아침에 일어

나 설태를 제거하고 물을 마신 다음, 오일로 15~20분가량 가글링을 한다. 다양한 식물성 기름을 사용하지만, 개인적으로 가장 효과를 본 것은 코코넛 오일이다. (겨울에는 코코넛 오일이 굳기 때문에 올리브 오일을 쓴다.) 오일에 침이 섞여 유백색이 될 때까지 입안에서 기름을 굴리되, 20분은 넘기지 않는다. 아침뿐만 아니라 하루 가운데 언제든 해도 좋지만 공복이어야 한다. 가글링 후 양치를 하는 것이 좋다. 눈뜨자마자 오일풀링을 한 뒤로는 잇몸 문제가 사라졌다.

'나'와 함께 걷기

우리는 '나'의 주인이 자신이라고 착각한다. 정작 나를 점령하고 있는 것은 과거와 미래의 일, 그 때문에 일어나는 생각과 감정, 그리고 바람처럼 마음을 스쳐가는 온갖 느낌인데도. '나'를 내게 돌려주는 시간을 갖자. 자기 자신과 함께 걸어보자. 내 등 뒤에 또 다른 내가 뒤따르고 있다고 생각하면 된다. 앞서 걷는 나를 지켜보는 또 다른 나를 의식하며 걸어보자.

눈 감고 몸 느껴보기

편히 앉아 긴장을 풀고 눈을 감는다. 시각 자극은 우리 몸이 수용하는 자극의 대부분을 차지한다. 눈을 감는 것만으로도 우리는 감각으로부터 꽤 자유로워질 수 있다. 바깥 세상을 보는 창(눈)을 닫는 것은, 시선을 내면으로 돌리는 상징적인 행동이기도 하다.

이제 몸속을 느껴보자. 처음에는 신호등이 없는 도로를 건너는 것처럼, 오가는 생각 때문에 정신이 없을 것이다. 생각을 하지 않으려고 헛수고 하지 말자. 느낌이나 생각은 내 의지와는 상관없이 일어나고 사라지는 것이다. 생각 따위는 제멋대로 들고 나도록 내버려 두고, 몸에 의식을 집중해 보자. 우선 전체적으로 몸을 의식적으로 훑어본다. 그리고 느낌이 있는 부위에 의식을 두면 된다. 쑤시는 어깨에, 간지러운 코끝에, 피가 몰린 것 같은 엉덩이에…… 신체 부위 말고도, 몸속 어딘가에 느낌이 있다. 명치 아래가 답답하거나, 뱃속이 거북하거나, 머릿속을 송곳으로 지르는 것 같거나……. 갖가지 몸의 느낌에 감정(짜증난다, 아프다, 우울하다 등등)을 일으키지 말고, 의식을 그곳에 둔 채 가만히 지켜보기만 한다. 강렬한 느낌이 가

화장실에서 하는 명상•

자신을 소중히 하고 자신감을 얻기 위해, 그보다는 눈이 밖으로 달린 사람들에게 눈총을 받지 않기 위해, 우리는 몸을 가꾼다. 그렇지만 누가 시키지도 않은 꾸밈노동에 시달리는 것은 몸(젊음)에 대한 집착 때문이다. 진짜 '나'보다 보이는 '나'가 중요하다는 신호를 매번 삶에 보내는 셈이다.

물이 귀한 인도 여행길에서도 하루 네댓 번 세안을 하던 미혼여성이 어느 날 사부님께 일갈했다.

"언니, 그렇게 자기 관리를 안 하면 어떡해요?"

자기 관리가 뭔지 모르는 사부님은 당황하셔서,

"요가도 하고 명상도 하는데……."

라며 말꼬리를 흐리셨다. 머리 감기 귀찮다고 삭발을 하는 사부님 차원의 자기 관리를, 우리 같은 보통 사람이 이해할

• 부정관을 변형한 것이다.

필요는 없다. 중요한 것은, 타인이 매기는 자신의 가치를 아무런 자기기준 없이 그대로 받아들이면 예외 없이 불행해진다는 점이다.

〈화장실에서 하는 명상〉

외모에 지나치게 집착하는 사람이 화장실에서 할 수 있는 명상이다.

살갗으로 둘러싸인 자루(몸) 속에 똥과 오줌이 들어 있다는 것을 확인하며, 몸이 더럽다는 것을 인식한다. 오물이 든 자루를 예쁘게 꾸미는 것에 무슨 의미가 있는지 생각해본다. 자신의 진정한 아름다움이 어디에 있는지 반조한다.

자칫하면 몸에 대한 수치심을 일으킬 수 있으므로, 외모에 자신이 넘치는 나르시시스트만 시도해보라.

제5장

명상, 나만이 깃들 수 있는 동굴

정신없는 현대인일수록 '동굴' - 근심과 걱정으로부터 떨어져서 머리를 비우고 쉴 수 있는 공간 -을 필요로 한다. 자신만의 시간과 공간을 마련하기는 쉽지 않지만 말이다. 운 좋게 그런 공간을 찾아낸다고 해도, 휴대폰만 있으면 동굴은 영화관으로 바뀐다. 근엄하게 앉아서 몇 시간이고 꼼짝하지 않는 고문이 명상이라고 오해하지만 않는다면, 명상은 동굴 같은 역할을 할 수 있다. 생각을 씻어내어 진정한 휴식을 주기 때문이다. 명상은 그저 앉아 있는 행위가 아니다. 지금 이 순간에 존재할 수 있게 하는 모든 방법이 명상이 된다. 틱낫한 스님은, 몰입만 하면 설거지도 명상이 될 수 있다고 했다. 찾아들어가야 하는 동굴에 연연하지 말고, 어디든 동굴로 바꿀 수 있는 명상법을 익혀보자.

행선 ; 발바닥만 느껴봐!

　천천히 걷는 행선은 시각적 자극이 적은, 실내외의 조용한 평지에서 하는 것이 좋다. 5m 이상 거리면(더 짧아도 상관없다.) 충분하다. 2단계 이후부터는 두 팔이 흔들리지 않도록 팔짱을 끼거나 뒷짐을 진다.

1단계

평소처럼 걸으면서, 왼발이 나가는지 오른발이 나가는지 마음속으로 헤아린다. 다리가 아니라 발의 움직임에만 집중한다.

2단계

1단계로 걷다가 속도를 늦추면서, 왼발을 든다 – 놓는다, 오른발을 든다 – 놓는다 등으로 과정을 세분한다.

3단계

1, 2단계 순으로 걷다가, 점차 걸음을 늦추면서 호흡 속도를 떨어뜨린다. 발을 든다 – 발을 앞으로 움직인다 – 발을 바닥에 놓는다 등으로 과정을 세분한다. 그리고 각 과정에 '듦', '움직임', '놓음' 따위의 이름을 붙인다. 방향

을 바꿀 때는 한 번에 휙 돌지 말고, 잔걸음으로 나누어서 몸을 돌린다. 눈을 반만 뜬 채로, 시선은 2~3m 앞의 바닥에 둔다.

4단계

1~3단계를 먼저 한 뒤, 발이 움직이는 과정을 더욱 세분한다. 발 뒷꿈치를 바닥에 댄다 – 발 앞부리를 바닥에 놓는다 – 뒷꿈치를 바닥에서 뗀다 – 앞부리를 누른다 – 발 전체를 바닥에서 뗀다 – 발을 (허공에서) 앞으로 옮긴다 등으로, 섬세하게 관찰한다. 마찬가지로 각 과정에 '댐', '놓음', '뗌', '누름', '듦', '옮김' 따위의 이름을 붙인다.

5단계

1~3단계를 거친 다음, 4단계를 행하면서 추가적으로 발바닥의 느낌을 관찰한다. 발바닥이 지면과 닿을 때 선뜻하거나 따스한 느낌, 눌리거나 부풀어 오르는 느낌, 딱딱하거나 부드러운 느낌 등등 다양한 느낌에 집중한다.

처음에는 팔이나 어깨가 무겁게 느껴질 수도 있다. (긴장이 많이 느껴지면, 팔을 풀고 해도 된다.) 몸의 다른 부위가 신경 쓰이더라도 발바닥에만 집중한다. 어떤 단계를 행하든, 의식이 발바닥을 떠나면 안 된다. (발등도 안 됨.) 발바닥에만 집중하는 것이 쉽지는 않다. 빛, 소리, 냄새 등의 외부 감각 자극뿐만 아니라, 온갖 잡념에도 주의를 빼앗기기 때문이다. 집중을 유지하는 것도 중요하지만, 끼어드는 자극과 생각을 예민하게 알아차리는 것도 중요하다. 의식이 발바닥을 떠난 순간, '(새소리를) 들음', '(코가) 가려움', '(풀) 냄새', '회상', '걱정' 등으로 알아차리고, 다시 주의를 발바닥으로 돌린다. 처음에는 탁구공이 튀듯 발바닥과 감각 자극 사이를 주의가 왔다 갔다 하지만, 연습할수록 오가는 속도가 느려진다. 발바닥에서 일어나지 않은 느낌과 머릿속 생각에 휩쓸리지 말자.

의식적 숨 쉬기
; 배냐 코냐

평생 해온 숨 쉬기지만, 자신이 어떻게 숨을 쉬고 있는지 의식하는 경우는 많지 않다. (코가 막혔으면 모를까. 막힌 코 뚫기는 호흡법을 참조할 것.) 긴장을 푼 채, 허리를 세우고 의자에 똑바로 앉아(다리를 꼬지 말고 두 발을 바닥에 내려놓을 것), 자신의 숨이 어디에서 느껴지는지 살펴보자. 대부분 배 혹은 코에서 바람이 들고 나는 것을 느낄 것이다. 단전호흡이 널리 알려지면서, 배로 숨 쉬는 것이 수행의 정도처럼 여겨지고 있지만 – 사실 숨이 어디에서 느껴지느냐 보다, 얼마나 느껴지느냐가 더 중요하다.

배

들숨이 끝까지 들어가고 날숨이 아직 빠져나가기 직전 숨이 멈춘 짧은 순간에, 가장 부풀어 오른 부분이 배의 어디인지 살펴본다. 들고나는 숨이 아니라 배의 움직임에만 집중한다.

코

거센 들숨의 앞머리가 코의 어느 부분을 치는지 관찰한다. 거의 코끝, 인중, 혹은 윗입술이지만, 콧속 비강의 안쪽일 수도 있다. 좌우 콧구멍은 시간에 따라 번갈아 열리는데, 열린 쪽에 따라 숨이 다르게 느껴지기도 한다. 의식으로 하여금 숨을 따라 들락날락하게 하지 말고, 문지기처럼 숨이 처음 닿는 부위를 지키게 한다.

숨을 관찰하기 쉬운 곳은 주로 배나 코이다. 두 곳을 다 시험해보고 나서, 숨이 잘 느껴지는 곳을 선택해도 된다. (잘 모르겠으면, 일상생활을 하면서 문득 호흡이 느껴지는 부위를 찾아보라.) 호흡을 의식할 수 있는 부위를 택하여 관찰한다. 깊이 가라앉아 미세한 호흡까지도 느낄 수 있다면 대성공이지만, 평상시 숨의 첫 머리와 몸통, 그리고 꼬리가 들어오고 빠져나가는 것을 의식할 수만 있으면 된다.

호흡에 민감해지면, 전기가 흐르는 것 같거나 개미가 기어다니는 것 같은 느낌이 일어나기도 한다.

몸과 마음 사이의 방화벽

사회 초년생 시절, 출퇴근은 말 그대로 전쟁이었다. 안산에서 신림까지 왕복 서너 시간이 걸렸기 때문만은 아니다. 첫 직장에 다닐 무렵, 안산과 사당을 오가는 4호선은 6량 편성 전동차였다. 삶은 감자처럼 으깨지면서, 팔다리가 어디 있는지도 모를 정도인 지옥철을 주 6회 탔다. 출입문을 닫기 위해 공식 푸쉬맨이 힘차게 등을 떠미는 열차 안에서, 나는 자주 위경련을 일으켰다. 사흘돌이로 반항하는 위장 때문에, 문 옆에서 밀려나지 않으려고 무던히 애를 써야 했다. 경련이 시작되기 전에 열차에서 내려야, 사람들에게 토사물을 흩뿌리는 불상사를 피할 수 있기 때문이다. 위경련이 반복되다보니, 식은땀이 나는 전조를 느낄 때마다 패닉에 빠지게 되었다. '어떡하지?'라는 경고음이 머릿속에 요란하게 울릴수록 더욱 긴장하고 안달했기 때문에, 이내 가라앉을 통증도 기어이 경련으로 키우기 일쑤였다. 명치의 통증이 아니라, 경련이 곧 일어날 것이라는 두려움이 더 무서웠다. 깊은 우물 안에 매달려, 잡고 있는 동아줄을 갉아대는 쥐를 하릴없이 지켜보는 느낌이었다. 그 느낌은 식은땀으로 조건화되어, 에어컨 밑에서 땀을 식힐 때도 똑같은 좌절이 튀어나왔다. (다행히 위경련은 일어나지 않았지만.) 고작 위경련 때문에, 상황을 통제할 수 없다는 공포까지 느끼게 되다니. 무력감을 피하기 위해서, 출근 시간을 제법 앞당겨야 했다. <u>의식의 힘이 강하지 않을 때는, 이런 회피도 자신을 지키는 훌륭한 수단이 된다.</u> 하지만 세상 전체에 카펫을 깔 수 없다면, 내 발에 신을 신겨야 한다. 두 번째 화살을 맞지 말라는 뜻이다. 증상이 실제로 나타나기도 전에, 부정적 생각으로 사태를 더 악화시키거나, 일어나지 않을 증상까지 일으키는 경우가 흔하다고 한다. 심지어는 심리적 요인이 신체적 증상으로 나타나는 전환장애도 10대에는 드문 일이 아니다. 긴장을 풀고 주의를 다른 데로 돌리는 것만으로도, 혹은 그저 통증을 바라보는 것만으로도 증상은 완화될 수 있다. 몸과 마음 사이에 방화벽을 세워보자.

〈통증 지켜보기〉

복식호흡

심호흡을 하며 배를 관찰한다. 배의 오르내림에만 집중한다. (숨을 따라 들락거리지 않는다.)

(주의와 감각을 코끝에 묶어 두어도 된다.)

통증 지켜보기

전조 증상 이후 통증을 의식하지 않을 수 없게 되면, 통증이 일어나고 사라지는 것을 차분히 지켜본다. '아프다', '괴롭다', '두렵다' 등 통증에 수반되는 감정이 아니라, '어깨가 무거워지는 느낌', '명치를 세게 누르는 느낌', '시야가 좁아짐' 등 중립적인 느낌을 객관적으로 관찰한다. 느낌과 느낌 사이에 있는 짧은 공백을 발견하고, 통증이 간헐적이라는 것을 이해한다. 깊은 숨을 쉬며, 가능하면 배나 코끝으로 주의를 돌려본다.

자면서 명상하기

꿈에 질문하기

명상을 피했지만, 수행의 땅에서 오랜 시간 경전을 공부하다 보니 어느덧 잡스러운 생각은 낫질(좌선) 한 번으로 베어버릴 수 있게 되었다. 잡초를 베어버리고 나니, 숨어 있던 그루터기가 눈에 띄었다. 뿌리가 깊어서 낫으로는 벨 수 없는, 대여섯 살 무렵의 기억이었다. 죽은 것처럼 보여서 처음에는 내버려두었지만, 온갖 벌레를 불러들이는 벚나무처럼 이 기억은 부정적 감정들을 부추겼다. 작은 기억 하나가 온 마음의 토질을 산성으로 바꾸어 놓는 것 같았다. 이런 땅에서는 암울한 생각과 감정만이 싹을 틔운다. 이 기억을 뿌리 뽑기 위해서는 정면 대결을 피할 수 없었다. 본의 아니게 화두를 든 셈이다.* 벗어날 수 없는 생각이라면, 차라리 화두처럼 드는 것이 낫다. 사흘이 지나 기진맥진하자, 분노와 원망이 폭죽처럼 터졌다.

"내게 왜 그런 일이 일어났는지 알지 못할 바엔, 차라리 죽어버리겠어!"

● 이렇게 화두를 드는 것은 무식한 방법이라는 것을 밝혀둔다. 화두선은 '판단 정지'가 핵심이라고 배웠다.

부숴버릴 듯이 이를 갈며 선언한 다음, 나는 지쳐서 잠자리에 들었다. 이 협박이 통했는지, 내 심층의식(자기 = Self = 아뜨만)은 그날 밤 명료하고 부드러운 음성으로 한 문장의 답을 들려주었다.

시끄럽고 말 많은 의식이 잠잠해진 틈을 타고, 때로 우리에게는 놀라운 비밀이 흘러들기도 한다. 그런 비밀을 엿보려면, 생각이 없어야 한다. 엔진 소리 요란한 버스 안에서 창밖의 풀벌레 소리를 들을 수는 없지 않은가. 하지만 원숭이가 나무 타듯 이 생각에서 저 생각으로 건너뛰는 우리에게, 생각이 없을 때라고는 오직 잠 들었을 때뿐이다. 그러니 잠 들기 전에 긴장을 풀고, 답을 원하는 문제를 생각하면서 꿈나라로 가라. 숙고가 충분했다면 꿈은 답을 들려줄 것이다. (물론 '나'라는 통로에는 적정 부하가 있다. 초딩이 양자역학을 이해하려 들면 안 된다.) 낮잠을 이용해도 된다. 중세 수도사들은 티스푼 하나를 쥐고 그 스푼이 떨어질 자리에 사기그릇을 엎어놓은 다음, 의자에 앉아 오수에 들었다. 답을 원하는 문제를 골똘히 생각하다가 잠에 곯아떨어져 티스푼을 놓쳐버리게 되면, 떨어진 스푼이 그릇을 쳐서 명징한 소리를 낸다. 그 소리에 잠이 깨는 순간, 퍼뜩 직관적 깨달음을 얻게 되는 것이다. 허니, 잠과 꿈을 우습게 보지 말지어다. 케쿨레는 마차에서 잠들었다가, 뱀이 제 꼬리를 물고 있는 꿈을 꾸고 나서 벤젠 고리 핵의 구조를 밝혀냈다. 멘델레예프는 주기율표를, 왓슨은 DNA의 이중나선 구조를 꿈에서 미리 보았다. 꿈에서 영감을 얻은 이의 목록은 길고 길다. 그렇다면 묻지도 않았는데 꿈이 같은 메시지(주제)를 반복하여 보여주는 것은 무슨 까닭일까? 그것은 자기가 자신에게 해야 할 말(해결해야 할 일)이 있기 때문이라고 한다.*

바디스캔

요가니드라(Yoga Nidra)는 '깨어있음'을 뜻하는 요가와 '잠'을 뜻하는 니드라가 합쳐진 모순적인 말이다. 의식은 명징하게 깨우되, 몸은 잠들었을 때처럼 이완시키라는 뜻이다. 신체 각 부분을 인식하거나 만지면서, 그 부위에 할당된 만뜨라(주문)를 읊는 수행법(nyasa)에 기원을 두고 있다고 한다. 비하르의 요기 사띠야난다(Satyananda Sarasvati)가 현대적으로 재편했다.

한편 바디스캔은 불교의 사념처 수행법을 토대로 존 카밧

● 　꿈에 대한 논의는 고혜경 박사의 저작을 참고할 것.

진(Jon Kabat-Zinn)이 창시한 MBSR(Mindfulness-Based Stress Reduction ; 알아차림에 근거한 스트레스 완화) 프로그램의 일부이다. 요가니드라나 바디스캔 등을 하면서 의도를 싣는 것*에는 신중을 기해야 한다. (이 부분은 뒷장에서 자세히 다룬다.)

내가 오랫동안 해온 요가니드라는 사띠야난다의 테크닉도 MBSR의 방식도 아닌, 로나왈라** 스타일이다. 게다가 빛 명상을 끝에 붙여, 새로운 버전으로 만들었다. 빛 명상을 빼고 스캔을 행해도 된다.

---

① 준비단계

i) 체온을 빼앗기지 않도록 요가 매트나 러그, 혹은 침대 위에 똑바로 누워 편안하게 발을 (어깨 너비로) 벌린다. 손바닥을 위로, 손은 자연스럽게 몸에서 떨어뜨려 놓는다.*** 베개를 베고 말고는 별 상관없다. 허리에 통증이 있으면, 골반 위의 요추 굴곡(들어간 부분)에 수건

- 목표를 시각화하거나 다짐하는 것(Saṃkalpa : 결의, 목표, 바람)을 말한다.
- ● 뭄바이와 뿌나 사이 로나왈라(Lonavala)에 위치한 유서 깊은 카이왈리디야다마 (Kaivalyadhama)요가 스쿨.
- ●● 시체 자세(Śava āsana)

을 말아서 댄다.

ii) 통증, 무거움, 긴장 등이 느껴지는 부위를 찾으며 심
호흡한다. 의식을 손처럼 여기고, 몸 구석구석을 살펴
며 의식의 손으로 마사지한다.

iii) 긴장되는 곳이 없으면, 몸이 바닥과 닿는 각 부위의
느낌을 살펴본다. 숨이 깊어질수록 몸이 가라앉는
느낌이 들기도 한다.

② 다리 스캔

i) 왼쪽 새끼발가락으로 주의를 옮긴 뒤, 새끼발가락에
서 엄지발가락까지 차례로 느낌을 살펴본다. 저릿한
느낌, 차고 따스한 느낌, 간지러운 느낌 등을 관찰한
다. 긴장이 느껴지면, 의식의 손으로 세심하게 마사지
해준다.

ii) 느낌이 있으면 관찰을 계속하고, 없으면 주의를 아래
에서 위로, 왼쪽 발등 → 발바닥 → 발꿈치 → 발목
→ 종아리 → 오금 → 정강이 → 무릎 → 허벅지 →
고관절로 옮긴다.

iii) 오른쪽 다리도 마찬가지로 관찰한다.

다리 스캔이 다 끝나면, 양쪽 다리를 전체적으로 살펴

본다.

③ 몸통 뒷면 스캔

골반과 엉덩이 → 허리 → 등 아래쪽 → 등 위쪽 → 왼쪽 날개뼈 → 오른쪽 날개뼈 → 왼쪽 어깨 → 오른쪽 어깨 → 목덜미 → 뒤통수 순서로 스캔한다.

④ 팔 스캔

i) 왼손 새끼손가락에서 엄지손가락 → 손등 → 손바닥 → 손목 → 아랫팔 → 팔꿈치 → 위팔 → 왼쪽 겨드랑이 → 왼 어깨 순으로 느낌을 살핀다.

ii) 오른팔도 같은 방법으로 관찰한다.

팔 스캔이 다 끝나면, 양팔을 전체적으로 살펴본다.

⑤ 몸통 앞면 스캔

아랫배 → 배꼽 → 윗배 → 명치 → 왼쪽 가슴 → 오른쪽 가슴 → 왼쪽 빗장뼈 → 오른쪽 빗장뼈 → 목 순서대로 의식을 옮긴다.

⑥ 머리 스캔

턱 → 혀 → 입술 → 인중 → 콧구멍 → 콧등 → 왼쪽 볼 → 오른쪽 볼 → 왼쪽 귀 → 오른쪽 귀 → 왼쪽 눈 → 오른쪽 눈 → 미간 → 왼 눈썹 → 오른 눈썹 → 왼쪽 관자

놀이 → 오른쪽 관자놀이 → 이마 → 정수리 순으로 관찰한다. 스캔이 다 끝나면, 머리를 전체적으로 살펴본다.

⑦ 몸 전체 스캔

머리, 사지와 몸통을 전체적으로 훑는다. 특정 부위의 감각이 강렬하게 느껴지면, 쭈글쭈글한 풍선에 바람을 불어넣듯 그 부위에 숨을 불어넣는다고 상상한다. 이렇게 숨을 불어넣은 다음, 의식의 손으로 주물러 편다.

⑧ 빛 명상

i) 이렇게 몸 전체를 살펴본 후, 머리 위에서 쏟아지는 빛줄기가 정수리로 들어와 들숨을 타고 온몸을 흘러 발끝으로 나간다고 상상한다.

ii) 날숨에는 발밑에서 올라온 빛줄기가 몸속을 관통하여 정수리로 나간다고 상상한다.

iii) 호흡을 따라 빛이 들고나는 명상을 계속한다.

찌릿찌릿하거나 간지러운 느낌이 몸에 나타날 수도 있다. 도중에 잠이 들어도 상관없다. 잠에 빠지고 싶지 않으면 앉아서 해도 된다. 익숙해지면 알게 될 것이다. 순서 따위는 별 상관없다는 것을. 물 위에 뜬 나뭇잎처럼 가벼워져라.

제6장

몸 느껴보기

뿌나에 안착한 뒤, 천성 같던 우울함이 차차 옅어지기 시작했다. 스트레스성 위경련은 계속 겪고 있었으니, 나를 둘러싼 환경이 녹록해진 것은 결코 아니었다. 십몇 년 만에 고국에서 겨울을 지낸 뒤에야 그 이유를 알게 되었다. 가라앉는 기분은 비타민D 결핍 증상이었다. 인도의 따가운 햇살이 우울을 치료할 줄이야.

요가를 수행하면 생리 현상(땀, 체온, 호흡 등)을 컨트롤 할 수 있다지만, 그것은 상당한 경지에 오른 요기만이 할 수 있는 일이다. 정신이 몸을 제어하지 못하는 평범한 우리로서는, 강건한 몸을 통해 강인한 정신을 얻는 편이 쉽다. 잘 먹고, 잘 쉬자.

내 몸에 맞는 자세만 하기

뿌나에 가자마자 처음 만났던 요가 선생은 두 가지 타입 – 앞으로 굽은 몸과 뒤로 젖혀진 몸 – 으로 학생을 분류했다. 다리를 뻗고 등을 벽에 댄 채 (기대지 않고) 바닥에 앉았을 때, 상체가 활처럼 둥글게 앞으로 휘면 몸이 앞으로 굽은 것(골반 후방경사)이다. 그렇지 않고 아랫배와 엉덩이가 튀어나오면(똥 배와 오리궁둥이) 뒤로 젖혀진 것(골반 전방경사)이다. 아랫배와 마주볼 정도로 어깨가 굽어 있었던 내겐, 몸을 뒤로 젖히는 활 자세(Dhanur āsana)나 낙타 자세(Uṣṭra āsana)가 유독 힘들었다. 반면 몸을 앞으로 굽히는 보트 자세(Nāva āsana)는 어렵지 않게 유지할 수 있었다. 몸이 앞으로 굽었으니, 전굴이 쉽고 후굴이 어려운 게 당연하다. 뒤로 젖혀진 몸이라면 반대일 것이다. 그 요가 선생은 기껏 몸을 분류해놓고, 학생 모두에게 같은 동작을 가르쳤다. 저마다의 몸에 맞는 자세가 따로 있다는 것은 누구도 알려주지 않았다.

요가 2주차쯤 물고기 자세를 배우게 되었다. 똑바로 누운 채로, 머리를 뒤로 젖히고 가슴을 여는 동작이었다. 굽은 어깨에는 최고의 자세다. 하지만 일 분 남짓 이 자세를 하고 나자, 속이 메스꺼웠다. 토할 듯이 위가 울렁거리면서, 머리도 울렸다. 낯이 창백해진 나를 보고, 선생은 나를 아기 자세(Bala āsana)로 엎어놓았다. 나중에 알게 되었지만, 내 혈압이 많이 낮았다. 사람의 몸은 저마다 다르기 때문에, 어떤 아사나는 오히려 해가 될 수 있다. 또한 도움이 되는 자세라도 신체적 한계를 넘어서면 좋지 않다. 초반부터 이렇게 아사나에 화들짝 댄 나는, 선생이 시키는 자세를 고분고분 따라하지 않고 조심조심 시험했다. 브릿지라고도 불리는 드위빠다 삐탐 아사나(Dvipada pīṭham āsana)와 소 자세(Gomukha āsana)가 가장 몸을 편안하게 해주었고, 어깨서기(Sālamba sarvāṃga*), 쟁기 자세(Hala āsana) 등은 (할 때 힘은 들어도) 위를 활기차게 해주었다. 잘하는 자세를 열심히 한다고, 딱히 신체가 강건해지는 것 같지도 않았다. 누가 보나 내 자세의 문제가 명백했는데도, 교정 아사나를 집중적으로 배울 수는 없었다. 인도의 요가 선생들은 학생을 구별하지 않고 한결같이 동일한 자세만을 가르쳤다. (일대일 개인지도를 받을 때조차도!) 관절과 근육이 약한 중년 여성에게, 살을 빼주겠다며 무리한 아사나를 시키는

●   sa-ālamba sarva-aga

초짜 선생도 허다했다. 자신의 몸을 알고 행하면 극적인 효과를 볼 수 있는 하타요가가, 오히려 몸을 상하게 하는 것은 아닌지 잘 살펴야 한다. (몸을 관찰하는 것은 명상이기도 하다.)

몸에 대해 무지했던 내가 내 몸에 대해 유일하게 알고 있었던 것은 극심한 위하수였다. 팔팔한 20대 초반에 이유 없이 쓰러져서 병원에 실려 가지 않았다면, 그것마저 몰랐을 것이다. X-ray 사진을 보며 의사가 말했다.

"위가 골반 밑에 누워 있네요."

"누워요?"

그는 자신의 오른손을 세웠다가 손바닥이 위로 가도록 눕히면서 설명했다.

"보통은 위가 이렇게 서 있는데, 환자분 위는 요렇게 누워 있어요."

"그럼 어떻게 치료해야 합니까?"

"위하수가 딱히 기능상의 문제를 일으키는 건 아니에요."

"……. (의사가 할 수 있는 일은 없다는 말이지.)"

물구나무서기(Śīrṣa āsana)를 싫어하는 나는, 대신 어깨서기를 열심히 했다. 몇 년쯤 지나자, 식후에 아랫배가 아니라 배꼽 부근이 불러왔다. 무력했던 위도 서서히 기운을 찾았다.

(강황이 많이 든 인도음식 덕도 봤다.) 위하수가 나아진 것이 어깨서기 덕분이라는 것을 미처 몰랐을 뿐이다. 무릎 수술 후에 몇 년 동안 어깨서기를 하지 않았더니, 뭘 먹으면 다시 아랫배가 불렀다!

<u>하타요가는 양날의 칼이다. 몸을 치료하기도, 다치게 하기도 한다. 자기 몸과 체형에 맞는 아사나만 하자. 또한 평소에 척추를 곧고 편안하게 세우려고 노력하자.</u>

내적 감각 키우기

내적 감각은 몸의 내부에서 일어나는 변화를 인지하는 것이다. 보고, 듣고, 맛보고, 냄새 맡고, 감촉을 느끼는 오감은 외부세계를 인지하기 위한 감각이다. 반대로 내적 감각은 내 안의 세계를 탐험하기 위한 감각이다. 긴장, 더부룩함, 식욕부진 등과 같은 몸속 감각부터, '좋다'·'싫다'·'그저 그렇다'라는 느낌, 그리고 두려움·분노·슬픔 등의 감정까지 관찰할 수 있게 해준다. 몸이라는 무의식을 탐험하는 방향타가 바로 내적 감각이다.

포커싱(Focusing)은 심리학자 젠들린(Eugene T. Gendlin)이

창안한 심리요법이다. 무의식을 표현하는 몸의 느낌을 통해 불안, 초조, 분노, 혐오 같은 감정의 정체를 알아내는 방법이다. 느낌과 감정에 예민한 사람에게 효과적이지만, 둔한 사람에게도 몸의 느낌을 일깨운다. 자신도 알지 못하는 감정을 풀어내기에 포커싱은 훌륭한 방법이다. "섬세한 감정은 옳은 것을 분간할 수 있게"* 해주지만, 느낌으로부터 꼭 답을 알아낼 필요는 없다. 그저 몸으로 느끼는 법을 배울 수 있으면 된다. 내 의지를 따르지 않는 뭔가가 내 안에 있다는 것을 알게 되는 것만으로도 큰 진전이다.

총 여섯 단계지만, 세 번째 단계까지만 소개한다. 몸의 감각을 느끼는 것만으로 충분하기 때문이다. 그 이상 나아가면 감각을 왜곡할 수도 있으므로, 전문가의 지도를 받자.

〈포커싱〉●●

1단계 : 질문하고 느끼기

조용하고 혼자 있을 수 있는 곳에서 긴장을 푼 뒤, 몸 내부에 정신을 집중한다. 특히 배와 가슴에 주의를 모은다.

●   필립 (1 : 9)

●●   젠들린, 〈심리 치유〉, pp. 79-82 참조.

"내 인생이 어떻게 굴러가고 있지?"

"지금 당장 중요한 게 뭐지?"

따위의 질문을 하고, 몸에서 나타나는 반응(느낌)을 살핀다. 이 느낌에서 답이 나오는 것을 차분히 기다린다. 걱정거리가 나타나더라도 그것에 빠지면 안 된다. 거리를 두고 그저 느낌을 지켜본다. 미묘한 - 멍하거나 간지러운 - 느낌일 수도 있고, 확연한 - 가슴이 답답하거나 속이 불편한 - 느낌일 수도 있다. 충분히 느낌을 음미한 뒤, 다른 질문을 한다. 다시 기다리고 느낀다. 여러 가지 느낌을 느끼고 알아차리는 것이 중요하다.

2단계 : 선택과 집중

느낌이 확실한 것 가운데 개인적 문제 하나를 선택한다. 그것에 집중하되, 몰입해서는 안 된다. 거리를 지켜야 한다. 선택된 한 가지 문제에도 다양한 부분이 있다. 하지만 전체를 총체적으로 한 번에 느끼게 된다. 느낌이 있는 곳에 주의를 기울이면, 그 부위에서 문제 전체의 느낌을 얻을 수 있다. 이 모호한 느낌에 집중하자.

3단계 : 느낌에서 이미지 뽑기

이 모호한 느낌의 특성을 표현해보자. '답답한', '무서운',

'꼼짝 못하는', '무거운', '조마조마한' 따위의 단어나 문구 또는 이미지가 될 것이다. 무언가 맞는 것이 나타날 때까지 느낌을 충분히 음미한다.

〈느낌이 있는 몸의 부위에 묻기〉

오랫동안 감정을 억압해온 나는, 부정적인 감정을 신체적 증상으로 겪어야 했다. 아랫배가 차가워지거나, 명치가 막히거나, 머리가 쑤시거나, 어지럽거나…… 그 느낌들 가운데서도 명치 아래가 아픈 것이 고질적이었다. 십대에는 그저 답답한 느낌이었다가, 30년쯤 지나자 돌덩이가 내리누르는 것처럼 아파왔다. 위가 좋지 않아 생기는 통증이라고 생각했지만, 단지 그 때문만은 아니었다. 단순히 배가 아픈 것과는 통증에 차이가 있었다. 돌덩이에 눌린 것 같이 묵직한 아픔은 평소에도 계속되었지만, 송곳으로 찌르는 것 같은 아픔은 스트레스를 받았을 때만 나타났다. 게다가 스트레스라고 다 뾰족한 통증을 일으키는 것도 아니었다. 나는 원인을 알아내기 위해 포커싱을 변용하여 시도했다.

1. 편안하게 앉거나 누워 바디스캔을 행한다.

2. 느낌(통증)이 일어나는 부위를 정확히 찾아 의식을 그 곳에 둔다.

3. 그 부위의 감각을 제대로 느껴본다.

4. '무거운 돌에 눌린 듯한 답답함', '새가 파닥거리는 듯한 떨림' 등등 그 느낌을 묘사할만한 표현을 찾는다.

5. 찾아낸 표현이 느낌과 일치하는지 점검하고, 다른 표현도 찾아본다.

6. 느낌과 충분히 친숙해졌을 때, 그 느낌에게 물어 본다 ; "너는 대체 어디서 왔어?"

7. "답답해", "불안해" 등등 느낌이 감정으로 이어지도록 내버려 둔다.

8. 분노, 불안, 두려움 등 정서 단어가 나타나면, 다시 묻는다 ; "무엇 때문에 화가 나?"

9. 감정을 완전히 드러내도록 스스로를 격려하면서, 원인을 알아낼 수 있는 질문이라면 다 해본다.

단지 느낌과 친해지는 데만도 여러 날이 걸린다. 우울해하는 친구의 기분을 풀어주듯이, 따뜻한 말과 위로를 건네며 대화를 시도해야 한다. 느낌의 근원을 알아내는 데 실패할 수도 있다. 하지만 느낌에 관심을 갖는 것만으로도 그 느낌은 서서히 녹아내리기 시작한다. 느낌이 주는 답은 직관적이며, 답이 맞으면 몸의 가벼운 반응이 뒤따른다. "수치스러운 거니?"라고 묻자, 명치가 살짝 아파왔다. 수치심이 답이었다. 어디에서 비롯된 수치심인지 알아내려면 질문을 계속해야 한다. 답을 얻지 못하더라도, 느낌을 충분히 느껴보는 것만으로 충분하다.

몸을 악기처럼

'옴'은 신성한 주문이 아니다. 에머슨(Ralph Waldo Emerson)의 말처럼, 우리의 진실한 믿음 외에 신성한 것은 없다. 내가 처음 싼스끄리뜨를 배울 때, 발음의 중요성을 강조하시며 (내 유일한 구루셨던) 조쉬 선생님은 만트라(주문)를 읊다가 kalā('조금')라는 단어를 kāla('죽음')로 잘못 발음하는 바람에* 정말 죽고 말았다는 브라만 이야기를 해주셨다. 의심 많은 내가,

---

● 두 단어는 장음의 위치가 다르다. '껄라'를 '깔러'로 틀리게 발음한 것이다.

"정말 그랬을까요?"

라고 여쭈어 보자, 선생님은 음흉하게 웃으면서 말씀하셨다.

"그렇게 믿게 할 필요가 있지."

우빠니샤드*를 비롯한 여러 경전과 요가 텍스트가 세 글자 - A, U**, M - 로 이루어진 옴을 우주의 소리라고 언급하고 있는 이유는 뭘까. 그것은 옴이 초월적 브라흐만('梵' ; 근본적 실체 또는 원리)을 상징하기 때문이다. 옴 챈팅은 우주의 에너지와 파장을 맞추는 행위라고 할 수 있다. 주파수를 맞춰야 라디오를 들을 수 있는 것처럼.

〈옴 챈팅〉

옴 챈팅은 네 부분으로 이루어져 있다. A·U·M - 두 모음과 한 자음 - 그리고 침묵이다. 허리를 세우고 앉아 눈을 감은 채, 세 가지 소리를 차례로 낸다. (가능하면 공복에) 몸을 관악기라고 생각하며, 세 소리 - 어, 우, 음 - 를 차례로 이어

● 　베다의 네 부분 가운데 마지막이기 때문에 '베단따(베다의 끝)'라고도 불린다. 범아일여(梵我一如) 사상을 핵심으로 하는 철학서다.

●● 　싼스끄리뜨에서 o는 a와 u가 합쳐져 생기는 이중모음으로 본다.

서 소리 낸다. 다른 소리로 전환할 때는 혀, 입술 등의 조음기관을 서서히 움직인다. 숨을 깊이 들이마신 다음, 낮은 음성으로 최대한 길게 소리를 내면서, 소리를 둘러싼 배음을 느껴본다. A, U, M의 발음 길이는 울림에 따라 조절한다. (보통 M을 가장 길게 발음한다.) U를 발음할 때는 입술을 동그랗게 오므린다. 그렇지 않으면 애매한 '으' 소리가 난다. M을 발음할 때는, 앞니 바로 뒤의 입천장(경구개)에 혀를 넓게 펴서 붙여야 한다. 각 음소가 울리는 몸속 부위는 각기 다르다. 명치부터 목을 거쳐 머리(코)까지, 소리가 울리는 부위를 관찰한다. 소리의 떨림으로 전신을 이완시키면서, 심장박동에 따라 미세하게 흔들리는 소리의 파장을 느껴본다. 소리가 멈추면 침묵(들리지 않는 소리)을 들어보자. 소리를 부드럽게 다듬으며 반복한다.

유튜브 URL-https://youtu.be/ijfLskg8jfy

육식은 부정하지 않다

쌘스끄리뜨 디플로마 과정을 가르쳤던 선생은 특이하게도 노처녀였다. 결혼하지 않은 딸을 수치로 여기는 인도에서(그러다 보니, 결혼 지참금 때문에 상상을 초월한 수의 여아가 살해된다.), 게다가 브라만 가문에 비혼녀라니? 소녀처럼 사랑스럽게 재잘거리곤 했던 그녀는, 묻지도 않았는데 집안 내력을 이야기해 주었다. 자기 집안에서는 처녀가 사제가 되어 깔리 여신 계통의 가문신을 모신다고. 사제인 그녀뿐만 아니라, 가문 전체가 철저한 채식을 고집하는 뿌리 깊은 집안이었다. 집안만큼이나 선생도 인상적이었다. 어느 날은 모퉁이를 도는 버스 안에서 팔목이 부러졌고, 또 어느 날은 내 눈앞에서 넘어져 발목을 접질렸다. (급한 대로 손수건으로 다친 부위를 고정시켜 주었다.) 그래도 지병 없이 감기만 달고 살았던 것이 다행이랄까. 그녀의 어머니는 오른 눈을 실명했단다. 인도의 비건은 심각한 단백질 부족에 시달린다. 병아리콩과 렌틸콩을 비롯해 수백 종의 콩을 상시 먹는 데도 그렇다. 콩두부가 없기 때문일까. '빠니르'라고 하는 인도 두부는 우유로 만들기 때문에, 콩에 풍부한 아미노산을 제공하지 않는다. 내게 김치 레시피를 묻던 시문학 강사는 어렵게 교수로 임용되고도, 최종 건강 검진을 통과하지 못했다. 제법 멀쩡해 보이는 비건이었지만, 면역에 문제가 있다는 판정을 받았기 때문이다. 채식 때문에 병을 얻은 사람은 숱하게 많았지만, 채식주의자가 아닌 나까지도 병원 신세를 지게 될 줄은 몰랐다. 고기는 싫어해도 달걀을 좋아하는 데다, 이따금 한 시간 거리의 수입 식품점에서 두부를 공수해온 터라 단백질 부족은 상상도 못했다. 두 번째 석사를 마치고 귀국한 뒤, 나는 오른쪽 다리를 가볍게 절었다. 역시나 의사가 X-ray를 보며 말했다.

"반월상 연골이 쭉 찢어졌습니다. 세 군데는 꿰매야겠네요."

"그게 어디 있는 건데요?"

"무릎 뒤 오금에요. 자연 회복은 절대 안 되겠는데요."

"평지만 얌전히 걸어 다니는데, 그게 왜 찢어져요?"

"환자분 같은 경우에는, 근육이 너무 약해져 있어요. 두 다리 다 찢어질 뻔 했네요."

"운동 부족 때문인가요?"

"아무리 그래도 삼십대 저체중에 이러기는 쉽지 않은데요?"

"…….(이유를 모른다는 말이지?)"

그리하여 오른 무릎에 구멍을 세 군데 뚫고, 3주 넘게 재활 치료를 받은 뒤에도(다리가 120도 각도로 굳었다), 접히지 않는 무릎 때문에 삼 년간 고생했다. 여생 동안 반가부좌도 제대로 틀 수 없게 되었다. 이후 단백질 보조제 덕분에 나날이 늘어나는 근육을 보며 절실히 깨달았다. 돈과 정성이 없으면, 어설픈 채식도 어렵다는 것을. 사실 채식 논쟁은 이천 년 넘는 역사를 자랑한다. 육식이 부정하다는 견해에 맞서, 붓다는 말했다.

"거칠고 잔혹하고 험담을 하고 친구를 배신하고

무자비하고 거만하며,

인색해서 누구에게도 베풀지 않는 것,

이것이야말로 비린 것이지 육식이 비린 것이 아닙니다.

성내고 교만하고 완고하고 적대적이고

속이고 질투하고 호언장담하고 오만하며

사악한 자를 가까이 하는 것,

이것이야말로 비린 것이지 육식이 비린 것이 아닙니다."●

인도 사람들은 죄에 대한 개념이 약한 대신, 정(淨)과 부정(不淨)에 대한 강박이 심하다. 사람과 행동, 물건마다 정한 것

●   숫따니빠따(Sutta Nipāta) 아마간다 숫따(Āmagandha Sutta) 가운데.

과 부정한 것을 가른다. 브라만은 신성하고 정하지만, 불가촉천민은 천하고 부정하다. 재·흙·소똥 따위는 정한데, 피·술·눈물 따위는 부정하다. 음식이라도 과일과 뿌리채소는 정하고, 파·마늘·양파·버섯 등은 부정하다. 채식이 정하고 육식이 부정하다는 강박 때문에, 채식을 고집하는 사람들이 인도에는 셀 수 없다. 물론 채식은 몸을 가볍게 한다. 그러나 인도 사람들은 수행을 위해서가 아니고, 단지 신분과 전통 때문에 유제품조차 먹지 않는 극단적 채식을 행하곤 한다.* 요가 텍스트마다 채식을 권하지만, 몸이 가벼운 것이 곧 정화**는 아니라는 것을 밝혀둔다. 채식 식단이라고 다 몸에 좋은 것도 아니다. 기후 때문에 인도에는 볶거나 튀기는 요리법이 흔하고, 유채나 해바라기 기름이 걸쭉하게 들어가는 음식도 많다. 그 때문에 올챙이처럼 배만 톡 나온 인도 비건이 숱하다. 정말 몸을 가볍게 하려면, 채식보다는 단식이 더 효과적이기도 하다. 생명과 수행을 위한 채식은 용감한 선택이다. 하지만

● 하층 카스트가 신분 상승을 위해 상층 카스트의 관습과 의례를 따라하는 것을 '싼스끄리트화(Sanskritisation)'라고 한다.

●● 제사를 지내기 전에 몸과 마음을 정결히 하는 절차를 말한다. 제의가 핵심인 힌두교에서는 필수 의례다.

정과 부정이라는 인도식 편견에 사로잡혀 채식을 하지는 말자. 우리가 정말 고민해야 하는 것은, 공장식 축산으로 학살을 자행하는 인간에게만 합당한 육식에 대해서다. 육류를 미식의 재료로 삼지 말고, 동물복지에 유의하자.

제7장

편안하게 앉아서

인도 집에서 가장 인도다운 구조는, 신을 위한 공간이 따로 있다는 것이다. 작은 집은 대개 부엌 한 편에, 큰 집은 별도의 방에 신단을 위한 자리가 마련되어 있다. 앙증맞은 신상이 여럿 올라가 있는 신단을 보면, 인형의 집처럼 사랑스럽다. 세속의 공간 속에 이렇게 신성한 공간이 자리하고 있는 것은 당연히 인간을 위해서다. 먹고살기 위해 스스로를 더럽히는 삶 속에서도, 하루 한 번은 삶의 신성한 목표를 생각나게 하는 것. 아침에 꽃과 향을 올리고 첫 짜이(밀크티)나 스위트(설탕 과자) 따위를 바치는 의식은, 성(聖)의 영역에 머물 수 있는 기회가 된다. 삶에서 종교를 걷어낸 현대인에게 명상을 위한 공간은, 종교인에게 성소가 지니는 의미와 비슷할 것이다. 일상에서 떨어져 나와 삶과 자신을 관조할 수 있는 공간은, 그래서 무척 소중하다. 방석이나 의자를 두어 자신만의 명상터나 리딩 누크(reading nook)를 만들자. 존중받아야 할 존재는 신이 아니라, 자기 자신이다.

의자냐 방석이냐

"오우, 수행은 바로 무릎이 아픈 겁니다, 하하하."

다갈색 눈동자를 자신의 무릎 위로 굴리며, 스님이 말했다. 무릎이 너무 아프다고 투덜거리는 인도 수행자에게, 앞에는 짧은 감탄사를 뒤에는 가벼운 웃음을 붙여 그는 대답했다. 체코에서 미얀마로 출가하셨다는 스님에게는 유머가 넘쳤다. 담마 토크(수행 상담) 때는 칼날처럼 매서웠지만 말이다.

"통증 자체를 관찰하세요. 아프다고 뭉뚱그리지 말고 찌르는 느낌, 눌리는 느낌, 때리는 느낌 등으로요. 장기적으로는 체중을 줄이시는 게 좋습니다."

스님은 이렇게 출가자다운 답을 했지만, 명상이 고문이 되지 않으려면 장비가 중요하다. 처음에는 의자에서 좌선을 시작하라. 양 발바닥이 바닥에 닿고 등받이가 없는 의자가 좋다.

무릎 수술 후 내 앉은 높이를 정확히 재어, 목공소에 명상용 평상을 주문했다. 배달된 평상에 앉아 보고, 나는 뭔가가 잘못되었다는 것을 깨달았다. 너무 딱딱했다. 평상 위에 놓을 방석의 높이를 고려하지 않은 것이다! 좌선을 위해 사용할 수 있는 장비는 갖가지 명상 전용 의자 말고도, 몇 가지가 더 있다. 어떤 것을 쓰든, 엉덩이를 무릎보다 높여야 한다. 앉는 것이 힘들면, 누워서 명상을 해도 된다. 단, 잠에 빠지지 않기 위해서는 각별한 노력이 필요하다.

원형 명상 방석

가운데가 움푹 들어간 것과 평평한 것, 두 종류가 있다. 안정감이 느껴지는 높이를 만들기 위해 몇 개를 겹쳐 쓰기도 한다. 다리를 교차하여 느슨하게 책상다리로 앉을 수도 있고(편안좌*), 엉덩이 밑에 방석을 놓고 무릎을 꿇을 수도 있다.

명상용 스툴

책상다리와 무릎 꿇기 자세 모두 가능하다.

●   Sukha āsana

① 기도의자

앞으로 기울어진 작은 스툴. 흔하고 저렴하며, 접이식도 있다.

② M형 명상의자*

기도의자의 한 종류. 가운데가 들어가 있어, M자 모양이다. 책상다리에는 기도의자보다 M형이 더 편한 것 같다.

③ 좌식의자

방석 일체형의 앉은뱅이 의자. 역시 앞으로 살짝 기울어져 있다.

④ 외다리 스툴(T형)

신묘한 외다리 스툴. 앉은 높이와 각도에 따라 주문 제작한다고 한다.

책상다리 명상 방석

편안하게 반가부좌나 편안좌를 취할 수 있다. 대개 삼각형 모양인데, 종류가 다양하다.

● 상품명은 코지 M체어

몸 살피기

본 명상 전에 빠르게 전신을 이완시키는 방법이다. 기본적으로 앞서 살펴본 바디스캔과 같다. 다만, 허리가 똑바른지, 바닥에 닿는 발과 엉덩이가 눌리지는 않는지, 고개가 앞이나 뒤로 기울어지지는 않았는지, 옷이 조이지는 않는지 등등 앉은 자세에 따르는 긴장을 추가로 살핀다. 긴장이 느껴지지 않는 곳은 의식을 스치기만 하여, 누워서 하는 바디스캔보다 빠르게 진행할 수 있다. 좌선 도중에 자세가 불편해지면, 긴장된 부위 위주로 다시 스캔을 행한다. 바디스캔 후 호흡과 함께 빛이 오가는 상상만으로 본 명상을 진행해도 된다. (짧은 좌선에 적합하다.)

좌선을 할 때는 눈을 감거나 반쯤 뜬다. (졸릴 때는 눈을 뜨는 것이 좋다.) 시선은 편안하게 앞쪽 바닥에 둔다. 그리고 앞니 뒤의 경구개에 혀를 넓게 펴서 붙인다. 손은 양 허벅지나 무릎 위에 올려놓거나, 단전 밑에 겹쳐서 모은다. 반드시 손바닥을 위로 향하게 한다.

좌선 도중 이곳저곳이 가렵고 아플 텐데, 그런 감각을 인지하더라도 곧바로 움직이면 안 된다. 가짜 감각은 곧 사라진다. 몸의 느낌을 지켜보다가, 도저히 참을 수 없으면 천천히 손을 움직여 긁거나 만진다. 침을 삼킬 때는 의도를 파악한 후 아주 천천히 행해야 한다. 자세를 고칠 때도 마찬가지다. 의도와 움직임을 완전히 인식하고 움직여야 한다.

오래 앉아 있다고 명상이 잘 되는 것은 아니다. 억지로 앉아 있지 말고, 힘들거나 졸리면 일어난다. (행선을 해도 좋다.) 지치도록 몸과 싸우면, 공연히 화만 돋우는 격이 된다. 5분도 충분한 시간이다.

숫자 세기

바디스캔 뒤에 숫자를 헤아린다. 5에서 9 사이의 숫자 가운데 하나를 택하여, 1부터 그 숫자까지 센다. (우리는 십진법에 익숙하기 때문에, 10을 선택하면 끝을 명확히 인식하지 못할 수도 있다. 같은 이유로, 끝 숫자도 때마다 바꿔주는 것이 좋다.) 숫자에만 마음을 집중한다. 집중에 도움이 되면, 숫자의 이미지를 떠올려도 좋다. 들숨에 1, 날숨에 2, 다시 들숨에 3, 날숨에 4……. 순차적으로 숫자를 헤아린다. 생각이나 감각 자극에 주의를 빼앗기면, 수를 세는 것을 멈췄다가, 멈춰선 숫자에 이어 센다. 그 숫자를 기억하지 못할 때는, 다시 1로 돌아가서 센다. 숫자를 다 헤아린 전체 세트 수는 기억하지 말고, 오롯이 헤아림 자체에만 집중한다. 행선을 할 때처럼, 끼어드는 생각이나 감각 자극을 재빠르게 낚아채는 것이 중요하다. 익숙해지면 들이쉬고 내쉬는 숨을 합쳐 하나로 센다. 숨이 차분하고 깊어질 때까지만 하면 된다.

감정의 찌꺼기
흘려보내기

의식이 맑아지는 것은, 끼어드는 잡념이나 느낌이 줄어드는 것으로 확인할 수 있다. 하지만 강렬한 생각 - 주로 회한, 근심, 분노 따위에서 온다. - 이 널뛸 때는, 숫자 세기를 멈추고 그러한 생각 자체에 '기억', '걱정', '후회' 등의 이름을 붙여본다. 생각이나 감정 따위는, 마음이라는 호텔 로비에 드나드는 각양각색의 손님이다. 그 손님들은 호텔의 주인이 아니고, '나'를 만나기는 하지만 내 손님도 아니다. 호텔(몸)에 장기 투숙을 하다 보니 자꾸 주인 행세를 하려 드는 '나' 역시 호텔 주인이 아니며, 당연히 로비(마음)의 주인도 아니다. 내 몸, 내 마음 따위가 없는데 내 생각, 내 감정이라는 것이 어떻게 존재하겠는가. 손님이 로비에 들고나는 것을 그저 지켜보자. 로비 소파에서 자려고 드는 붙박이 손님을 내보내는 요령은 차차 터득하게 될 것이다. 들고나는 것이 보이는 생각이나 느낌이 다루기 어려운 것이 아니라, 어디서 오는 지도 모를 자기비하, 부정적 내적 독백 등이 다루기 어려운 것이다. 이런 파괴적인 공격은 숨어 있던 닌자가 불시에 뿌리는 수리검(표창) 같아서, 인식하기도 어렵고 대응하기도 어렵다. 일일이 반응하지 말고, 물처럼 그저 흘려보내라. 제 때 치우지 않으면, 감정의 찌꺼기가 켜켜이 쌓인다는 것을 기억하자. (나이 들면 퇴적암이 된다!)

지복은 숨 사이에 있다

풀코스 명상은 대략 요가(또는 행선) → 바디스캔 → 숫자 세기 → 떠오르는 생각이나 감정 흘려보내기 → 코나 배의 호흡 관찰하기 순서로 진행한다. 요가/행선을 아예 생략하고, 옴 챈팅이나 뒤에서 배울 호흡법을 넣어도 무방하다. 명상에 익숙해질수록 앞 단계를 빠르게 진행하거나 건너뛰게 된다. 호흡을 바로 관찰하면서 잡념을 쳐낼 수 있기까지 걸리는 시간에는 개인차가 있다. 본 명상으로 쉽게 들어갈 수 있는 자신만의 코스와 노하우를 개발해보자.

초보자에게 명상의 기본은, 척추를 바르고 자연스럽게 세우는 것이 우선이고 호흡이 그 다음이다. 아사나와 쁘라나야마(호흡법)는 이 둘을 뒷받침하기 위한 신체적 수련이다. 편안하게 명상을 하기 위한 준비단계가 하타요가인 것이다. 주객이 바뀌면 안 된다.

허리가 올바르게 서 있는지 그렇지 않은지는, 앉아 있다 보면 알게 된다. 바르지 않은 자세는 통증이라는 대가를 치르기 때문이다. 호흡은 고요할수록 좋다. 명상을 할수록 호흡은 미세해지고, 들숨과 날숨 사이의 간격(숨이 멈추는 시간)도 길어진다. 숨이 멈출 때 일어나는 판단 정지의 순간을 잡아내 보자. 숨이 느려질 때 뜻밖의 장애가 나타나기도 하지만, 대수롭지 않은 일이니 그냥 넘겨라.

쁘라나야마(호흡법)는 쁘라나(prana)라고 하는 에너지를 제어하는 것이다. 쁘라나는 몸과 마음뿐만 아니라, 온 우주를 움직이는 힘이다. 요가의 호흡법에는 들숨과 날숨 사이에 숨을 멈추는 과정이 들어 있다.

"(호흡의) 외적 작용(날숨), 내적 작용(들숨), 멈춤 작용은 장소(호흡이 미치는 범위), 시간, 수(호흡 횟수)를 관찰할 때 길고 미세해진다."•

외적 작용은 날숨을 멈출 때까지 다 내쉬는 것이고, 내적 작용은 들숨을 멈출 때까지 다 들이마시는 것이다. 간단하게, 날숨과 들숨이다. 멈춤 작용은 숨이 들지도 나지도 못하게 멈추는 것이다. 들숨과 날숨 사이에 숨을 연결하기 전에, 의식적인 노력을 들여 인위적으로 숨을 멈춘다. 숨이 미치는 범위, 들숨·날숨·멈춤 각각에 걸리는 시간, 그리고 호흡 횟수로 숨이 들고나는 것을 관찰하면, 호흡이 길고 미세해진다.

〈정뇌호흡(Kapāla bhāti)〉

다른 호흡법을 하기 전에 행하는 정화호흡이다. 임신 중에는 하지 않는다.
- 책상다리로 앉아 척추를 세우고 머리를 똑바로 든다.
- 심호흡을 몇 번 한다.

• 2.50. Bāhya-abhyantara-stambha-vṛttir deśa-kāla-saṃkhyābhiḥ paridṛṣṭo dīrgha-sūkṣmaḥ.
(바히여 – 어비연떠러 – 스떰버 – 으룻띠르 데셔 – 깔러 – 쌍키야비히 빠리드르슈또 디르거 – 숙슈머허.)

- 코로 숨을 깊이 들이마신 뒤 1~2초당 한 번 가량 빠르게 나누어 내쉬면서, 복부를 힘껏 집어넣는다.
- 들숨은 신경 쓰지 말고, 코로 날숨을 강하게 끊어 내쉬면서 배를 힘차게 20회 정도 조인다.
- 몇 차례 심호흡하여 숨을 가라앉힌다.
- 두세 라운드 반복한다.

URL ; https://youtu.be/8UURgA8Rf7E

제8장

자기 자신 되기
; 빨간 알약이냐 파란 알약이냐

우리는 경험의 주체로 '나'를 내세운다. 보고 듣고 만지고 냄새 맡고 생각하는, 그 모든 일을 내가 한다고 믿는다. 내가 저지른 일 때문에 몸이 아프기도, 감옥에 가기도 하는데 당연히 그렇게 생각할 수밖에. 하지만 이 '나'라는 에고는 '나(Self : 자기)라는 느낌'과 다르다. 에고의 자존심이 하늘을 찔러도, 자기 자신이라는 느낌(자존감 : 자기와의 연결)은 빈약할 수 있다. 에고는 행위를 통한 성취의 주체라고 스스로 주장하는 것이고, 자기는 존재의 근원이라고 여겨지는 것이다.

반짝이는 것이라면 무엇이든 가져다 제 둥지에 쌓아놓는 까마귀처럼 – 에고는 보고 듣고 만지고 냄새 맡고 생각하며, 그것이 자신만의 느낌과 감정이자 경험이라고 자아상을 쌓아간다. 원래는 어디에도 없었던 잡동사니 경험의 총제가 에고다. 나는 이런 사람이고, 이러저러한 일을 했다는 자존심의 근원이 에고라고 할 수 있다. 하지만 그런 일을 하지 않았다고 해서, 내가 '나'가 아닌 걸까.

두 번째 석사를 마치고 지리산에 머무는 중에 이웃 할머니들의 도움을 받았다. 안정감과 평정심이 넘치는 그분들을 지켜보며, 나는 이국에서 공부하며 얻고자 했던 것이 무엇이었나를 반조했다. 설마 학위를 딸 수 있는 지적 능력을 증명하려고? 자존감 – 존재와 이어져 있다는 느낌 – 은 외적 성취를 이룬다고 얻을 수 있는 것이 아니다. 에고의 욕망을 쫓아 대통령이 된다고 해도, 자존감이 부족하면 여전히 타인이라는 거울을 늘 들여다보게 된다. 에고가 가져다주는 자존심은 경쟁 속에서 거머쥔 성취를 말한다. 언제나 비교하며 서열을 만들기 마련이다. 자존감은 '있는 그대로의 모습에 대한 긍정'을 말한다. 그저 느낌이다. 안정과 지지의 느낌인 자존감을 에고의 성취로 얻을 수 있다고 착각하기 때문에 우리는 불행해진다. 성공하기 위해 삶을 통제하고 자신을 계발하려고 들면서, 에고가 있는 그대로의 나를 부정하기 때문이다. 무엇을 성취하든, 자기 부정의 대가는 불안과 두려움이다.

자기가 무엇인지 그 느낌(자존감)을 설명할 수는 없지만, 에고가 무엇인지는 설명할 수 있다. 자기 자신이 되기 위해서, 우리는 에고가 무엇인지 이해해야 한다. 알아야 에고에게 속지 않는다.

에고에 대해 말할 수 있는 것

융이 말한 개성화(individuation)는 완벽한 나(에고)가 아니라 온전한 나(자기)가 되는 것이다. 인도에서 말하는 깨달음의 길을 심리적으로 묘사한다면, 융이 말하는 개성화가 되지 않을까. 개인의 자아를 중시하는 서양답게 개성화는 에고의 발달에, 대아(大我)를 중시하는 동양답게 깨달음은 에고의 해체에 초점을 맞출 뿐이다. 개성화든 깨달음이든, 자기(Self=아뜨만)에 이르는 과정은 세 단계를 거친다.

　1단계 : 에고의 구축(에고 중심)

　2단계 ; 가슴의 확장(가슴 중심)

　3단계 ; 에고의 해체(존재 중심)

1단계는 유아독존을 확립하는 것이다. 갓난아기는 자라면서 어머니와 내가 하나가 아니라는 것을, 자신을 둘러싼 세상이 내가 아니라는 것을 깨닫는다. 나(주체)와 세상(객체)이 분리되고 나면, 아이는 제 뜻대로 세상이 움직여 주길 바라면서, 세상을 향해 욕망을 투사하기 시작한다. 망치를 들면 세상 모든 것이 못으로, 도둑을 맞고 나면 사람들 전부가 도둑놈으로 보이는 것이 투사이다. 도둑이 아니라고 밝혀진 사람도, 원래 그 사람에게 도둑놈 기질이 있기 때문에 내가 오해할 만 했다고 스스로를 합리화한다. 에고는 이렇게 투사에 기반해서 자신만의 세계를 구축한다. "돈이 최고야", "세상은 불공평해", "열심히 살아야 성공할 수 있어", 제 세상을 움직이는 원칙을 저마다 선택하며. 그렇게 축조한 삶과 세상을 '사실'이라고 믿으며 집착한다. 교묘하게도 에고는 제 세상을 지키기 위해 제 자신부터 속인다.

역설적이지만 에고로부터 자유롭기 위해, 우리는 먼저 에고를 구축해야 한다. 동양의 전통은 자존심 없어도 자존감 높은 개인을 길러냈었다.* 자존감이 높으면 에고가 약해도 자

● *"전통적으로 동양에서 자기라는 느낌은 전통 종교적 의식, 긴밀한 가족관계, 공동체적 삶 안에서 형성되기 때문에 그러한 문화 안에 사는 사람들은 서구인들처럼 자기자신을 잃어버리거나 자기 자신으로부터 소외되지 않는다. 또한 인간성의 깊고 풍요롭고 다채로움을 보여주는 영혼이 문화 전체에 스며들어 있기 때문에 개별화된

기를 잃어버리지 않는다. 행위보다 존재에 가치를 부여하며, 강한 에고 없이도 자존감 높은 아이들을 키워내던 동양의 요람은 이미 자본주의의 파고에 휩쓸려 산산조각 났다. 이제 열 살이 다 되도록 엄마와 살을 맞대며 잠드는 아이도 없고, 삼대가 한 집에 사는 일도 드물다. 오늘날 우리의 자존감은 갈대와 같다. 심리학자 건트립(Harry Guntrip)은 약한 에고와 자신감·안정감 부족을 '현대 문명의 감정적 전염병'이라고 단정 지은 바 있다.

갈대 같은 자존감을 뿌리내리게 하려면, 우선 에고를 강화해야 한다. 에고가 내세우는 자존심과 근원적 자존감은 다르다면서, 왜 자존감을 위해 에고를 강화하느냐고? 에고가 이곳저곳을 방황하며 스스로를 단련시키는 가운데, 자존감도 뿌리를 깊이 내릴 땅을 찾을 수 있기 때문이다. 자존감을 위해 필요한 것은 에고의 성취가 아니라, 에고가 단련되는 과정 자체다.

에고는 여러 가지 충격(고통, 슬픔, 분노 등을 야기하는 사건)을 경

영혼의 자질을 계발하는 것이 서구 문화에서처럼 중요하게 여겨지지 않는다. 전통적인 동양인들은 자신의 영혼을 잃어버리지 않기 때문에 그것을 찾는, 자신의 방식으로 개별화를 하는 방법을 계발할 필요가 없다."
웰우드, 《깨달음의 심리학》, p. 287.

험하며 단련된다. 내 뜻대로 되지 않는 세상과 충돌하며 성장하는 것이다. 강한 에고는 날카로운 검과 같다. 행동에 목표와 방향을 제시하고, 그것을 이루기 위해 힘을 집중한다. 에고가 약하면 힘을 모으지도 못한 채 유혹에 쉽게 굴복한다. 그러므로 에고라는 검은 세상이라는 숫돌에 알맞게 갈아야 한다. 너무 살짝 갈면(과보호적 환경) 의식의 칼날이 무디고, 너무 세게 갈면(정신적 외상) 망가진다. 특히 불안, 우울, 반항 등으로도 드러나는 정신적 외상은 에고의 발달을 멈춰 세울 수 있다. 세상과 자신을 분리하지 못하는 아이들은 모든 것이 나 때문이라고 생각한다. 내가 뭔가를 잘못해서 이런 일이 생겼다고. 아동 학대와 성폭력은 회복할 수 없는 상흔을 영혼에 남긴다. 자신이 잘못했고 잘못되었다는 죄의식과 수치심 때문에, 신체적·사회적(정신적) 성숙과는 별개로 영혼은 더 이상 자라지 못한다. 안타깝게도 이런 불행 때문에 어른이 되지 못한 사람은, 자신의 세계와 가치관을 구축하지 못한 채 타인에게 휘둘리며 살아간다. 자신을 무가치하다고 여기기 때문에, 타인의 가치관이 내 세상에 침투하는 것을 막지 못하는 것이다. 에고가 너무 약하면, 스스로를 보호하지 못하고 쉽게 상처받는다. 끊임없이 자신과 타인을 비교하며, 자신이 아니라 타인에게 인정받기 위해 분투하는 아픈 삶을 살게 되는 것이다. 우리는 나 자신이 되기 위해 의식과 무의식 속 상처와 고통을 치료하고, 좌절과 분노를 다독이며 어른으로 성숙해야 한다. 울며 보채는 내면의 아이를 내버려 둔 채, 고상하게 도를 닦을 수는 없다.

별다른 정신적 외상이 없어도, 우리 사회에서 에고를 강하게 만드는 일은 무척 어렵다. 협동과 조화를 중시하고 에고를 경시하는 동양 농경사회의 전통이, 자존감 약한 개인에게는 오히려 독이 된다. 에고를 버리라고 강요하기 때문이다. 개인의 욕구와 권리를 주장하는 것은 이기적이고 유치한 행위로 비난받기 쉽다. 신입사원 시절 내 지인은 짬뽕으로 통일되어 가는 회식에 울면을 주문했다는 이유만으로, 혼자 튄다는 평가를 삼 년 넘게 받았다. (모난 돌이 정 맞는다는 충고가 1+1으로 따라왔다.) 내가 먹는 것마저 남이 결정하는 사회에서, '나'를 말하려면 적지 않은 용기가 필요하다. 우리는 붓다처럼 나자마자 "내가 세상에서 최상이고 최고이다"*를 외칠 수 없고, 예수처

● 맛지마 니까야 (123. 20.)
　붓다는 태어나자마자 일곱 걸음을 걸으며, '천상천하 유아독존(天上天下 唯我獨尊)'이라고 말했다고 한다.

럼 열두 살 나이에 "제가 제 아버지 집에 있어야 할 줄을 모르셨어요?"*라며 신의 아들을 자처할 수도 없다. 토대부터 차근차근 에고를 쌓아올려야 한다. 물론 에고의 구축은 유아독존의 독불장군이 되는 것이 아니라, 타인이라는 거울 앞을 떠나는 것이다. (돌아와야 할 때도 있다.) 타인의 잣대에 휘둘리는 것을 그만 두는 것이다. 우리는 자신을 관찰자의 시선으로, 즉 객관적인 눈으로 자기 자신을 보아야 한다.

유약한 에고를 단련시키는 지난한 과정은 헤르만 헤세의 소설 《데미안》에 묘사되어 있다. 우리는 알을 깨고 나오지만, 다시금 자신의 세상이라는 알을 지어야 한다. 강건한 알(에고)은 따가운 현실을 스테인드글라스처럼 아름다운 빛으로 바꾼다. 하지만 그 알을 만드는 데 실패하면, 삶의 수레바퀴 밑에서 짓이겨질 뿐이다. 우선 자신(에고)의 성벽을 쌓아라. 남들에게 중요한 것이 아니라 내게 중요한 것을 얻기 위해, 타인에게 인정받기 위해서가 아니라 내 자신에게 인정받기 위해 투

● 　예수의 부모는 매년 해방절 때 예루살렘에 갔다. 축제 기간이 끝나고 돌아갈 때, 12살 예수가 예루살렘에 남은 것을 모르고 하룻길을 간 다음에야 아들이 없는 것을 알았다. 부모는 예루살렘으로 되돌아가 사흘 만에 성전에서 아들을 찾아냈다. "네 아버지와 내가 애타게 너를 찾았단다"라고 어머니가 말하자, 예수는 이렇게 대답했다고 한다. 루가 (3 : 2 : 41 ~ 52)

쟁해야 한다. 투쟁으로 삶의 과실을 따야 한다. 에고는 성공과 실패라는 과실 둘 다를 먹으며 자란다. 성공은 달고 실패는 쓸 뿐이다. 나(에고)를 주장하고, 자기만의 세계관을 확립하자. 자신을 위로하고 치유하며, 내면을 들여다보자. 심리적 발달은 깨달음만을 위해서가 아니라, 스스로를 구원하기 위해 필연적인 여정이다.

"온 우주를 다 뒤져도 나 자신보다 더 중요한 것은 없나니."•

수치심

안무가가 되기 위해 뿌나에 온 유학생이 있었다. 무용을 그만둔 뒤 급격하게 늘어나는 체중 때문에 딱히 고민하지 않는, 아주 바람직한 성격을 지니고 있었다, 그 학생은. 그런데 석달의 여름방학을 고국에서 보내고 돌아온 그녀는 몰라보게 해쓱해 보였다. 아팠냐고 묻는 내게, 그녀가 씁쓸하게 웃으며 말했다.

"엄마가 다이어트 약을 먹이더라고요. 엄청 독했어요. 위장

•　상윳다 니까야 (3.8), 말라까경(Malikā sutta)

을 버렸는지 소화가 안 돼요."

"어머님이 직접? 설마?"

"제가 뚱보라서 창피하대요."

"……(그 분이 친엄마 맞니?)"

브라운(Brene Brown) 박사는, 수치심과 죄책감 모두가 자신의 가치에 대한 느낌이라고 말한다.

"죄책감과 수치심은 둘 다 자기 평가에 대한 감정이다. 그렇지만 공통점은 여기서 끝이다. 대부분의 학자는 수치심과 죄책감의 차이가 '나는 나쁘다(수치심)'와 '나는 나쁜 짓을 했다(죄책감)'라는 데에 동의한다. 수치심은 존재의 문제지만, 죄책감은 행동의 문제다. 시험을 볼 때 커닝한 것에 대해 죄책감을 느낀다면 머릿속으로 '그런 짓을 하지 말았어야 했어. 그건 정말 바보 같은 짓이었어. 난 커닝이 나쁜 짓이란 걸 알고 있었어. 처음부터 내가 하고 싶던 짓도 아니야'라고 생각한다. 그런데 시험 볼 때 커닝 하는 것에 대해 수치심을 느낀다면 '나는 거짓말쟁이야. 남들을 속였어. 나는 바보야. 나는 나쁜 사람이야'라고 생각한다. 죄책감은 자신의 윤리관, 가치, 믿음에 반하는 행동이나 태도를 취할 때 생긴다. 나의 행동이 내가 되고자 하는 모습과 일치하지 않을 때 이 감정이 생겨난다. 반면에 수치심은 내가 무엇을 했는지 보다는 내가 어떤 사람인지에 초점을 맞춘다. 자신을 나쁜 사람, 거짓말 쟁이, 쓸모없는 존재라고 말하면 정말로 그렇게 믿고 결국 그렇게 될 수 있으므로 매우 위험하다. 자신을 쓸모없는 존재라고 생각하는 사람은 그저 죄책감을 느끼는 사람보다 커닝을 더 많이 할 가능성이 높다."●

거의 전 생애를 수치심과 더불어 살아온 나로서는, 그것을 기생충으로 표현하고 싶다. 보통 어린 시절에 기생충 알은 몸속에 들어온다. 수치심의 알이 은밀하게 안착하여 부화하고 나면, 굴욕감이나 죄책감을 수치심으로 바꿔 먹이로 삼기 시작한다. 창피나 망신을 당한 정도의 사소한 일을 마음속에서 썩혀서 수치심으로 바꾸는 것이다. 기생충이 몸뿐만 아니라 영혼을 변화시켜 마침내 우리가 그 존재를 눈치 챌 때는, 이미 기생충이 온몸을 장악한 뒤다. 몸속에서 꿈틀대는 수치심에 고통을 당하며, 동충하초의 숙주가 된 나비처럼 서서히 죽

●   브라운, 《수치심 권하는 사회》, p. 39.

어갈 뿐이다. 자존감이라는 기초 체력이 강한 사람은 질기게 버티면서, 기생충을 제거할 기회를 잡을 수도 있다. 안타깝게도 대부분은 살아 있는 시체가 되어 죽은 듯 살아가게 되지만 말이다. 이렇게 살아서 죽은 자의 얼굴에 떠오르는 무표정을 나는 '카인의 낙인'이라고 부른다. 상태가 더욱 나빠지면 카인은 발작을 일으키며 좀비로 변해 주변 사람들을 말로 공격한다. 이들은 세상 모두가 자신을 공격하고 있다는 환각에 빠져 있다. 수치심이 현대의 돌림병이 된 이유는, 전파력 강한 좀비 때문이다. 좀비의 말에 상처를 입으면, 강건한 사람도 좀비로 돌변하고 만다. 공격 받은 대로 되갚아 주는 수치심이라는 기생충을 없애기 위해서는, 명상과 같은 내면 작업이 꼭 필요하다. 서로가 서로를 상처주지 못해 안달이 난 시체들의 새벽을 맞고 싶지 않다면, 우리는 사회적 역할뿐만 아니라 내면 작업에도 힘써야 한다.

안다, 수치심을 없애기는 너무나 어렵다. 과거의 파편이 날아들 때마다, 여전히 내 뱃속에서는 수치심이 코브라처럼 머리를 쳐든다. 수치심은 갖가지 신체 반응을 일으키며, 우리를 갈아서 쥐구멍에 넣을 기회만을 노린다. 놀랍게도, 수치심과 같은 자기비하는 나르시시즘과 뿌리가 같다. 둘 다 자기

애에서 나오기 때문이다. 자신을 높이는 것만큼이나 지나치게 낮추는 것도 실은 자기애의 표현이라고, 경전은 엄중히 경고한다. 내가 잘나기를 바라는 마음 때문에 나를 그토록 경멸하게 된다니 역설적이기는 하다. 수치심에 치를 떠는 우리에겐, 능력을 한탄하는 자기 연민이 아니라 자신을 이해하는 자기 공감이 필요하다. 브라운 박사에 따르면, "자기 공감(self-empathy)이란 자신의 행동을 이해하고, 연민을 느끼고, 비판 없이 자신의 경험을 맥락 속에서 이해하는 능력을 말한다."•

수치심을 다스리고 에고를 달래기 위해 내가 쓰는 방법을 소개한다. 그것은 '강 바라보기'라고 이름 붙인, 일종의 관조다. 우선 '나'를 고정된 정체성을 지닌 실체가 아니라 강처럼 흐르는 것이라고 이해해야 한다. 물이 지형에 따라 형태를 바꾸듯이, '나'도 환경에 따라 모습을 바꾼다. 그것이 앞서 말한 맥락이다. 정해진 물길은 없다. 따라야 할 물길도 당연히 없다. 쉴 새 없이 흐름을 바꾸는 '나'라는 강에 김영이라는 이름을 붙였을 뿐. 처한 상황에 따라 달라진 나 때문에 괴로워

• 브라운, 《수치심 권하는 사회》, p. 250.

할 필요는 없다. 내가 뭘 잘못해서가 아니라, 상황이 그럴 뿐이니까. 급박한 골짜기를 만났는데, 왜 느긋하게 흐르지 못하냐고 자신을 비난하면 안 된다는 뜻이다. 게다가 수치심 따위의 감정과 느낌은, 나라는 강을 채우고 흐르기는 하지만 내가 아니다. 그저 흘러가버리면 그만인 것이다. 그런 감정의 소용돌이에 휘말리지 말고, 둑 위에서 강을 내려다보자.* 수치심을 느끼는 순간 얼굴부터 확 달아오르면서 몸이 뻣뻣해지는데, 강둑에 올라갈 틈이 어디 있느냐고? 없다. 그 순간에는 복식호흡조차 힘들 수밖에 없다. 하지만 그 순간이 지나도 수치심은 몇 번이고 그 치욕을 소환하여 되새기게 만든다. 그때 강 바라보기가 도움이 된다. 알아차림이 좀 더 깊어지면 수치심의 급류에서 재빨리 빠져나올 수도, 수원을 찾을 수도 있게 된다. 수치심에 빠져 익사하지만 말자.

불안과 두려움

대형화재를 잇달아 지켜본 뒤에도, 선뜻 직장을 그만 두지

● 　10장 '머리가 둘인 새' 중 관찰자 의식 참조.

못했다. IMF 직후였고, 내가 가장이었다. 졸업한 동생이 학원 강사 일을 시작하자, 비로소 사직서를 쓰면서 생각했다.

'행려병자로 죽지만 않으면 돼.'

의식주를 걱정해야 하는 사회에서, 인간으로서의 존엄이 사치라는 것을 몰랐다. 인도로 떠나기 전 유서를 쓰면서 생각했다.

'굶어 죽지만 않으면 돼.'

정말로 굶어 죽는 수만의 사람들 앞에서, 아사가 아닌 (다른 종류의) 죽음을 고려한다는 것이 인도에서는 사치라는 것을 몰랐다. 뿌나에서 단식을 시작하며 생각했다.

'죽지만 않으면 돼.'

스코트 니어링처럼 곡기를 끊고 스스로 죽음으로 나아가는 것이 위대함이라는 것을 몰랐다. 어쨌든 무지했던 내게도 늘 죽음은 든든한 뒷배가 되어 주었다. 죽음이라는 배수진이 없었다면 저지르지 못했을 많은 선택.

"향략이 있으면 병을 두려워하고

높은 지위에 있으면 떨어질까 봐 두려워하고

재물이 있으면 (그것을 빼앗아가는) 왕을 두려워하고

명예가 있으면 치욕을 두려워하고

권력이 있으면 적을 두려워하고

아름다우면 늙음을 두려워하고

박식하면 논파당하는 것을 두려워하고

덕이 있으면 험담을 두려워하고

육체가 있으면 죽음을 두려워하나니.

땅 위에서 인간이 지닌 것은 죄다 두려움과 함께하네.

오직 무욕에만 두려움이 없도다."●

두려움은 뭔가를 잃을까봐 걱정하기 때문에 생겨난다. 그러므로 모든 것을 무(無)로 돌리는 죽음이야말로 두려움을 치료하는 약이다. 죽음 너머로 가져갈 수 있는 것은 아무 것도 없기 때문이다. 사랑과 인정을 잃을까봐 재산과 지위가 위태로울까봐 두렵다면, 죽음을 생각하자. 절대 피할 수 없는 때가 도래하면, 빼앗길 만한 것은 아무 것도 없다. 삶에 이리저리 끌려 다니다가 죽음에게 잡혀가는 것으로 탈주범 같은 인생에 종지부를 찍고 싶지 않다면, "내일 죽을 것처럼 오늘을

● 　바르뜨르하리, 와이라기야 샤따까 31.

살아라."●

"머리에 불이 붙은 것처럼 살라.
 죽음이 다가오는 것은 피할 수 없나니."●●

억압된 감정,
몸에 축적되는 저주

마음이라는 심연에는 '뭔가'가 산다. 물이 맑고 얕은 어린 시절에는 마음속을 헤엄치는 송사리를 훤히 들여다볼 수 있었다. 그 송사리가 잉어가 되었는지 이무기가 되었는지, 이제는 짐작할 수도 없을 만큼 심연은 깊고 혼탁해졌다. 마음속을 들여다보지 않았기 때문에, 우리는 자신이 외면해온 것이 무엇인지도 모른다. 그저 수면에 생기는 물살이나 파문을 보고 두려움을 키울 뿐이다. 저 속에 분명 괴물이 살고 있을 거라고. 가까이 가지 말라는 경고 표지판과 울타리를 세우며, 우리는 마음과 더 멀어진다. 융의 말대로라면, 심연 속에는 저

●　세비야(Seville)의 대주교 이시도르(Isidore)
●●　상윳따 니까야 (4. 9.)

주가 풀리기만을 기다리는 용이 있을 텐데. 가속경험적 역동 치료(AEDP)*에서는, 마음 깊은 곳에 감추어진 감정을 '핵심 감정', 사회적으로 용인될 만큼만 수면 위로 드러나는 감정을 '억제감정', 그리고 두 감정을 느끼지 않기 위해 치는 울타리를 '방어'라고 정의한다. 직장 상사에게 모욕을 당해 화가 나도, 상사에게 화를 낼 수는 없는 노릇이다. 그래서 핵심감정인 분노가 억제감정인 수치심으로 바뀐다. 또한 수치스럽다고 직장에서 울 수는 없기 때문에, 애꿎은 부하직원만 달달 볶게 된다. 이것이 방어다. 자기 감정과 마주하기 싫어서 음악과 유튜브를 틀고, 지치도록 일을 하고, 남과 자신을 비난하거나 부정적인 생각에 사로잡힌다. 쓸데없이 집착하거나 중독에 빠져들기도 한다. 이렇게 자신의 감정을 오랫동안 무시하다 보면, 깊은 우울에 빠진다. 간혹 이해할 수 없는 짓을 저지르며, 소중한 이와 자신을 상처 입히고 상황을 파탄내기도 한다. 피해버린 감정은 몇 배로 가속되어 이런 방식으로 되돌아온다. 그 부메랑에 맞지 않으려면, 괴물이 사는 내면을 들여다보며, 그것에 '용'이라는 이름을 붙이고 걸려 있는 저

● AEDP(Accelerated Experiential Dynamic Psychotherapy)는 포샤(Diana Fosha)박사에 의해 개발된 트라우마 심리치료 방법이다.

주를 풀어야 한다. 뒤늦게라도 조용하고 안전한 곳에서 자신의 감정을 제대로 느껴보고 보듬어주어야, 저주를 푸는 실마리를 잡을 수 있다. 감정을 불편해하거나 회피하지 말아야, 개구리가 왕자로 변하듯이 감정이라는 에너지가 풀려나온다.

앞서 우리는 몸을 느끼는 방법을 연습했다. 풀어내지 못한 감정을 몸이 기억하고 있기 때문이다. 이제 몸을 통해서뿐만 아니라, 직접 감정을 들여다 볼 준비를 해야 한다. 슬슬 진짜 명상이 필요해지는 때다.

마음속 심연을 탐색하는 명상은 위험할 수도 있다. 괴물이 출몰하는 네스 호에 섣불리 배를 띄우지 말자. 억압되어져 왔던 감정이 날뛸 때, 그것에 잡아먹히지 않도록 조심하라.

자신을 비난하지 않기

일축하기

부정적인 생각·독백과 웬만큼 싸우고 나면, 상황을 비이성적으로 바라보는 습관에 그다지 휩쓸리지 않게 된다. 그러면 부정적인 생각이나 독백이 일어날 때마다 일일이 맞받아칠 필요가 없다. 자신의 사고 패턴에 따라, "또 하늘 무너지겠

네."(비관적 사고 패턴), "비가 오는 것도 내 탓이겠네?"(무조건 내 탓 패턴), "다른 사람들은 나한테 관심 없어."(남의 눈치 보는 패턴) 등등 단 한 문장으로 부정적인 생각이나 독백을 일축하면 된다. 하지만 응수하는 것을 게을리 하지는 말 것.

〈자신만의 만뜨라* 만들기〉

오랫동안 부정적인 내적 독백에 시달려온 나는, 그 저주가 내 의지와는 상관없다는 것을 진작 알고 있었다. (멈출 수가 없었다.) 수행을 하면서 내적 독백은 시나브로 없어졌다. 하지만 <u>스스로를 '바보'라고 비난하는 습관</u>은 끈질기게 살아남았다. 상태가 좋지 않을 때는 '병신'으로 발전하는 파괴적 입버릇은 결코 사라지지 않았다. 불현듯 튀어나오는 자기 비난에 질린 나머지, 나는 이 습관을 뿌리 뽑을 만뜨라(주문)를 만들기로 결심했다. '바보'처럼 '바'로 시작하는 단어 바띠(bhāti ; 싼스끄리뜨로 '빛'이라는 뜻)를 골라, 첫 음절 '바'가 나올 때 뒤 음절을 '보'가 아닌 '띠'로 바꾸어 발음할 생각이었다. 문제는 뒤 음절이 나오기 전에 단어를 바꾸기가 쉽지 않다는 것이었다. 부지

● 원래 베다의 찬가를 뜻했던 만뜨라(mantra)는, 인도에서 여전히 주문과 기도문으로 쓰인다. 라틴어로 된 가톨릭 기도문처럼 신성하게 여겨진다.

불식간에 '바보'를 다 외치고 난 다음에야 알아차릴 수 있었기 때문이다. (알아차림의 힘은 이래서 중요하다.) '바보'라는 저주를 중화하듯 뒤늦게 바보에 이어 바띠를 말할 때가 많았다. 결론적으로 나는 이 저주를 풀지 못했다. 자기 비난의 근원인 수치심을 풀어내지 않은 채, 말버릇만을 고치는 것은 불가능했다. 우리는 뭔가를 행하는 것이 자신(에고)이라고 착각하고 있지만, 사실 그런 일을 하는 것은 내가 아니다. 생각과 감정, 그리고 이런 습관까지도 나와는 관계없는 '현상'일 뿐이다. 어쨌든 만뜨라 덕분인지, '바보'는 더 이상 나를 짜증나게 하지 않았다. '바보면 어때?'라는 자기 수용이 일어난 뒤로는 특히. 그동안 내 만뜨라는 쁘라바(prabhā : '광휘'라는 뜻)로 바뀌었지만, 그것은 그저 신난다는 뜻의 감탄사일 뿐, 내적 독백을 지우기 위한 주문이 아니다.

기억하고 되새기고 싶은 것이 있다면 만뜨라로 만들자, 고운 우리말로. (더 직관적이다.) 압박이 아니라 기대를 주는 단어로. 말하는 것만으로도 행복해질 수 있다. 지금 내게 그 단어는 '모레인'이다. 눈이 시리도록 아름답다는, 로키 산맥 속 호수. 부정적인 생각에는 좋은 생각을 들이부어 물타기를 해야한다. 노력한다고 암울한 생각이 없어지지는 않는다. 다만 부정적인 생각과 감정이 들 때는 아무 것도 하지 말자. 말이든 생각이든 행동이든, 부정적으로 물들기 때문이다. 그저 지켜보며 그것이 물러갈 때까지 기다리자.

내면아이

아직까지 토라져 있는 영랑(내 아명이다)은 대여섯 살 무렵 트라우마 때문에 성장을 멈춰버린, 내 안의 여자아이다. 두려움을 느끼면 이 아이는, 몸과 머리를 죄다 얼려버린다. 얼어붙기 반응을 이해하려고 책을 찾아보다가, '내면아이'라는 심리적 현상이 실재한다는 것을 알게 되었다. 심리학자 마거릿 폴의 책에 따라 대화를 시도해봤지만, 영랑은 입을 꼭 다문 채 한마디도 하지 않았다. 어느 날 문득 나는 문제를 깨달았다. "어서 나한테 말해.", "무서워하지 말라고." 등등 아이를 윽박지르기만 하고 있다는 것을. 그때부터 '진짜' 대화를 배우기 시작했다, '나'는. 대화를 시도한지 5년이 넘었지만, 아직 영랑은 내게 한마디도 하지 않았다. 다만, 내가 아닌 다른 사람에게 하고 싶은 일을 말할 뿐이다. "당근 먹기 시러", "요거 읽음 안 돼요?" 따위를 뜬금없이. 반백이 가까운 사람에게서 혀짤배기소리를 듣는 것은 당혹스러운 경험이다. 영랑이 말수가 적어서 다행이라고 여긴 탓인지, 여전히 아이는 내게 화가 나 있다. 이따금 엉뚱한 사람에게 엉뚱한 카톡을 보내는 것("너 말고 다른 사람이랑 말할 거야"라는 의지 표명이다.)으로 나를 골탕먹인다.

우리의 내면에는 상처 입은 아이가 있을 수도 있다. 스스로를 다그치거나 비난하지 말고 포용하고 이해하려고 노력하자.

내 속엔 내가 너무도 많아 : 인격 회의

우리는 자신에게 고정적인 성격이 있다고 착각한다. 그러나 내향성/외향성 따위의 기질 말고, 불변의 성격이라고 할 만큼 고정적인 것은 존재하지 않는다. 때와 장소, 지위와 조건에 따라 달라지는 경향성*을 보일 뿐이다. 누구나 다중 인격을 지니고 있다고 할 수 있을 정도다. 주어진 역할에 적합한 인격을 발달시키는 것이 사회생활을 위해서도 바람직하다.

광속은 잘만 계산하면서 돈 계산에 유달리 서툴렀던 나는, 여행 앱 개발사를 운영하면서 '회계사'라고 이름 붙인 인격을

---

* 성격 심리학자 브라이언 리틀은 다섯 개 - 개방성, 성실성, 외향성, 친화성, 안정성 - 의 경향성을 제시한다.

의식적으로 발전시켰다. 회사를 두 개나 말아먹고 사업을 그만 둔 지 오래건만, 20대 초반의 이 깐깐한 녀석은 여전히 내 씀씀이에 제동을 걸고 나선다. 별 수 없이 나는 매월 11일 (독서 전용카드 한도일) 책 주문을 할 때마다, 술을 먹여 회계사를 재운다. (영랑보다도 술에 약하다.) 한 번 분리된 인격은 웬만해서는 사라지지 않고, 독립적으로 성장하는 것 같다. 내게는 '불펜(bullpen : 불펜의 구원투수처럼 늘 튀어나올 준비를 하고 있다는 뜻)'이라는 사내아이 인격도 있는데, 초딩이었던 녀석은 이제 중딩 사춘기를 맞았다. 회계사처럼 의식적으로 분리한 인격이 아니라, 그 나이 때부터 있었던 기묘한 습관에서 저절로 생겨난 인격이다. 그 습관이란, 볼펜 앞머리를 돌리면서 뺐다 끼웠다를 되풀이하다가 기어이 부수는 것이었다. 자주 하는 행동은 아니었기 때문에, 고1 때 처음 그 버릇을 알게 되었다. 인지한 뒤에도 멈출 수는 없었다. 퍽 소리와 함께 볼펜 파편을 사방에 날리며 고딩 때는 윤리, 대딩 때는 생화학 수업을 중단시켰다. 인도에서 돌아온 뒤 거의 15년 만에 그 버릇이 다시 나오자, 나는 조금 심각하게 원인을 탐색했다. 하필 최고의 선지식이라는 분의 코앞에서 그런 만행을 저질렀던 것이다. 내 안에 있는, 내가 미처 알지 못했던 아이에 대해 알기까지는 꽤 오래 걸렸다. (영랑을 달래는 일만 해도 머리가 아팠다.) 가득 차오른 불만을 표출할 수 없는 권위적 인물 앞에서, 아이는 볼펜을 부수곤 했다. 반항하고 싶지만 그럴 수 없을 때, 소극적이지만 파괴적인 행동을 했던 것이다. 이 사내아이에게 '불펜'이라는 이름을 붙이고 나자, 아이는 이내 십대로 자라나 조금 덜 유치하게 반항했다. 펜을 부수기보다는 문을 박차고 나가는 것으로. 영랑과 마찬가지로 불펜도 내가 제어하지 못하는 인격이다. 우리는 세상이 뜻대로 되지 않을 뿐만 아니라, '나'라고 믿는 자신조차 뜻대로 되지 않는다는 것을 깨달아야 한다. 타자는 내 안에도 있다.

이러다 보니, 중요한 일을 결정할 때마다, 인격들에게 물어보고 동의를 구하는 성가신 절차가 생겼다. 정서를 좌우하는 영랑과 분노를 표출하는 불펜, 그리고 경제적 고려를 하는 회계사의 동의 없이는, 어떤 일도 순항하기 어렵다. '나'의 메인 인격인 과학자●가 인격들을 조율해야 하는데, 논리만 따지는 이 과학자는 대인 관계를 파탄 내는 데 남다른 재능을 보인다. 쉬운 일이 없다.

● MBTI의 INTJ 유형에서 이름을 땄다.

자신에게 여러 가지 면이 있다는 것을 인정하자. 그리고 그 면면을 이해하지는 못해도 용납하기로 하자.

그림자 투사 알아차리기

사회생활을 하는 누구나 대외적인 모습(페르소나)을 지닐 수밖에 없다. 그 때문에 보여주고 싶지 않은 모습(그림자)이 생긴다. 그림자는 도덕적 갈등이 따르는 일(구린 일)을 몰래 해결하는 비밀요원 같다.* 하고 싶지만 하면 안 되는 일을 우리는 얼마나 내밀하게 해치우는가. 어느 의사나 교수가 몰카를 찍어 왔다는 뉴스는 새삼스럽지도 않다. 문제는 우리가 자신의 그림자를 외면한 채 살아간다는 점이다. 자신의 이면에 그림자가 있다는 것을 알면, 가면(페르소나)을 지키려고 안간힘을 쓰면서 그림자를 감추게 된다. 알지 못하면? 자신의 그림자를 다른 사람에게 투사하게 된다. 그림자 투사는 자신의 바람직하지 못한 모습을 상대에게서 찾아낸다는 뜻이다. 다른 사람에게서 자신의 숨겨진 면을 들춰내고는, 자신이 그 사람에게

●　"그림자에는 도덕적 통제에 완강히 저항하는 특성이 있다."
　융, 《아이온》, p. 21.

당했다고, 속았다고 생각한다. "스스로 옳다고만 여기기 때문에 스스로를 무고한 희생자나 단순 관찰자●"로 간주해버리는 것이다. 미국 사회의 대표적인 문제아 그룹이라는 P.K.(경찰관과 목사의 자녀 : police's kid + pastor's kid)는 모범적인 삶을 사는 부모의 그림자가 자식에게 투사된 경우다. 사회정의를 대변하는 부모는 자신의 억눌린 반항기를 아이로부터 찾아내어(자신의 그림자를 떠넘김), 자식을 문제아로 낙인찍는다.●● 타인에게서 마음에 들지 않는 모습을 찾았다면, 그것이 자신의 숨겨진 모습은 아닌지 의심해보자. 예민한 구석은 누구에게나 있기 마련인데, 그것은 대개 자신의 그림자와 관련되어 있다. 자신의 부도덕하고 사악하기까지 한 면을 인정하는 것은 아주 곤혹스러운 일이다. 하지만 "뿌리를 지옥까지 뻗지 못하면 어떤 나무도 하늘나라까지 자라지 못한다."●●●

〈자신의 악을 관리하라〉

자신의 그림자를 인지하지 못하는 사람은, 그림자가 저지

● 　스타인, 《융의 영혼의 지도》, p. 159.

●● 　최광현, 《가족의 발견》 참조.

●●● 　칼 G. 융

르는 나쁜 짓에도 대책 없이 당하기 마련이다. 자신의 그림자를 놓치지 말고 직시하자. 그리고 사회적으로 허용되는 범위 밖으로 그림자가 나가지 않도록 잘 관리해야 한다. 그림자에게 명확한 한계를 그어주어야 한다는 뜻이다. <u>성적인 농담을 사소하다고 여기지 말자. 엄연히 성희롱이다. 혼자 포르노를 감상한다고? 디지털 성범죄다.</u> 악을 관리하려면 노력과 기지가 필요하다. 내 사부님의 사부님(무협지에나 나올 법한 사조님!)은 승려셨는데, 불단 위의 시주금 중 천 원짜리 지폐를 훔쳐다가 아이스크림을 사드시곤 했다.

자기 자신과 맺을 수 있는 다섯 가지 관계

힌두교에서는 신●과 맺을 수 있는 관계를 대략 다섯 가지로 정의한다. 첫 번째는, 주인과 종의 관계다. 신은 명령하고, 인간은 그저 따를 뿐이다. 두 번째는 친구 관계다. 올곧은 친구처럼 신이 인간을 이끌어주긴 하지만, 신과 인간은 대등하

● 　인도에서 신은 아뜨만, 즉 자기 자신과 상통한다.

다. 세 번째는 부모와 자식의 관계다. 성탄절의 아기 예수처럼, 인간이 신(신성)을 보살펴야 하기 때문이다. 네 번째는 부부의 관계다. 마땅히 서로 헌신해야 하는 관계를 말한다. 예수라는 신랑과 결혼한 수녀의 삶이 그러하다. 마지막은 불륜의 관계다. 신과의 사랑을 위해서는 재산도 명예도 가족도, 그리고 목숨마저도 기꺼이 버리는 것을 뜻한다. 출가자의 삶은 당연히 그래야 한다.

이 다섯 가지는 신뿐만 아니라 자신(에고)과 맺을 수 있는 관계이기도 하다. 첫 단계에서 '나'는 에고의 노예 상태를 벗어나지 못한다. "나 이런 사람이야!"라며 으스대기를 좋아하는 에고의 가오를 세워주기 위해, 폼 나는 것들을 쟁취하려고 몸종처럼 일한다. 삶을 트로피로 채우려는 에고에게는 사랑마저도 전시품에 불과하다.

"신부가 고작 간호사야?"

결혼식장에서 들은 최악의 인사가 이랬다. 이런 에고를 주인으로 섬기려면, 몸 바쳐 일해야 한다. 하지만 영혼을 갈아넣으며 일해도, 비교질이 취미인 에고는 결코 만족하는 법이 없다. 에고의 요구에 일방적으로 끌려 다니지 않으면 두 번째 단계. 친구의 부탁은 들어줄 수도 거절할 수도 있다. 울며 보채는 아이처럼 에고를 달래게 되면, 세 번째 단계에 들어선 것이다. 갖고 싶다고 다 가질 수 없다는 것을, 우리는 에고에게 납득시켜야 한다. 성숙한 에고가 '나'를 외조하는 것이 네 번째 단계다. 에고는 본래 나의 생존을 위해 진화한 도구일 뿐이다. 그런데도 주인 행세를 하며 속임수를 쓴다. 에고를 도구상자 속으로 돌려놓으려면, '나'는 에고가 아니라는 것을 깨달아야 한다. 그러면 에고를 망치처럼 꺼내 쓸 수 있다. 마지막 단계에서는 도구로서의 에고마저 버리게 된다. 쓸 데가 없기 때문이다.

영혼의 어두운 밤

소중하게 여기는 것을 박탈당했을 때, 우리는 '영혼의 어두운 밤'*이라고 불리는 소외 상태에 빠진다. 손가락 사이로 빠져나가는 모래처럼 삶의 의미가 흩어져버리고, 공허와 절망이 자살로 이끄는 상태. 앞서 살펴본 중독, 무감정, 트라우마 따위가 밤의 어둠이다. 새벽이 오기 전에 어둠이 가장 짙

● 　사도 바울이 표현한, 심리적 소외 상태

듯이, 자기 자신과 만나기에 앞서 우리는 빛 없는 터널과 같은 좌절을 지나야 한다. 이 뼈아픈 통과의례를 거치지 않으면, 번개처럼 찾아오는 가르침(신성한 경험)을 얻을 수 없다. 잘난 척하는 에고를 부수어 들어내지 않으면, 자기(Self = 아뜨만)는 들어올 자리가 없기 때문이다. '내 속엔 내가 너무도 많아 당신의 쉴 곳 없네'*라는 노랫말은 이런 내면의 고백이다. 철저히 자신을 비우는 과정이 영혼의 어두운 밤이라고 할 수 있다. 붙박이 가구 같은 에고를 치우려면, 당연히 부수고 깨뜨리는 것이 먼저. 고통스러운 자기 파괴가 기다린다. 할 수 있는 멍청한 짓은 죄다 저지르기 때문에, 돌이킬 수 없이 자신을 파괴하지 않도록 안간힘을 써야 하는 시기다. 어두운 밤을 견디고 나면, 에고가 뒤로 물러나고 가슴이 앞으로 나서는 두 번째 단계에 들어설 준비를 마친다. 밤이 깊을수록 여명은 찬란하지만, 이 밤은 누구에게나 찾아오지 않을 뿐더러 누구나 견딜 수 있는 것도 아니다. 지금 어두운 밤을 지나고 있다면, 그저 기억하자 ─ 신은 견딜 수 있는 고통만을 준다는 것을.

● 시인과 촌장의 노래 '가시나무' 가운데.

제 2부
빨간 알약 이야기

자기관찰을 통한 깨어있음에서 나오는
마음요가 · 마음명상

제9장

명상은 위험할 수도 있다

숨이 멎을 것 같다는 두려움이 튀어나오더니, 목이 졸린 것 같은 신체적 증상이 뒤이어 나타났다. 명상이 순조롭게 진행되어, 온몸에 넘실대는 희열을 맛보던 즈음에 생긴 일이다. 소가 뒷걸음치다 쥐를 잡는다는 초심자의 행운을 타고, 나는 쉽게 초기 관문을 넘었다. 그러다가 덜컥, 이런 공포와 호흡 곤란에 부딪친 것이다. 이후 좌선을 피하게 된 내가 다시 자리에 앉기까지는 제법 오래 걸렸다. (물론 좌선은 수행의 한 방법일 뿐이다.)

수행 중에 드러나는 장애는 과속방지턱과 같다. 수행과 함께 쌍끌이를 해야 하는 정신적 성장이 지체될 때 장애가 일어나기도 한다. 정신적 성장은 궁극적으로, 내려놓기 혹은 내맡김을 뜻한다. 명상의 높은 경지를 넘나드는 것과, 실제 삶에서 탐욕, 분노, 자만 따위를 내려놓고 옳고 그름과 도덕적 판단을 떠나는 것은 별개다. 오랫동안 명상을 해온 진지한 수행자라고 할지라도 삶을 살아내는 방식이 보통 사람과 다를 바 없다면, 명상은 단지 스트레스 관리 수단일 뿐이다. 영감을 얻고 스트레스를 줄이는데 만족하지 않고 삶을 근본적으로 변화시키려면, 자신을 들여다보는 명상에 입문해야 한다. 꽤 용기가 필요한 일이다. 무의식이라는 심연에 갇혀 있는 괴물(욕망, 분노 등)과 싸워야 하기 때문이다.

"괴물과 싸우는 사람은 자신이 이 과정에서 괴물이 되지 않도록 조심해야 한다. 만일 네가 오랫동안 심연을 들여다보고 있으면, 심연도 네 안으로 들어가 너를 들여다본다."•

이제 명상의 통과의례와도 같은 분노와 애욕을 살펴보자.

• 니체,《선악의 저편》, p. 125

분노

;스님의 멱살을 잡을 뻔

분노란 비탈에서 절로 구르는 수레 같아서, 무언가를 들이받고 자신마저 부수고 나서야 멈춘다. 분노가 안으로 향하면 자신을, 밖으로 향하면 세상을 부수게 된다. 파리가 눈앞에 어른거리는 것 같은 성가심부터 죽이고 싶을 만큼 미운 증오까지, 분노는 다양한 강도로 존재한다. 분노가 증오와 혐오로 깊어지면, 상대의 두 눈을 멀게 하려고 자신의 눈 하나를 제 손으로 뽑게 된다.

"이 세상이 다 가짜예요?"

오전 수행 시간을 끝내는 종을 치기 위해 명상홀에 들어오신 스님을 보고, 나는 미친 듯이 뛰어가 그분의 옷자락을 잡고 물었다. 그다지 놀라는 기색도 없이 그분은 내 손에 잡힌 가사를 빼냈다. 그러고 나서 몸을 돌렸다. 명백한 외면이었다. 나는 다시 스님의 옷자락을 부여잡으며 외쳤다.

"세상이 가짜니까, 내 고통도 다 가짜냐고요?"

홀에 내 외침이 쩌렁쩌렁 울린 순간, 스님께선 참을 수 없다는 듯 일 초 동안 미소 지으셨다.

"신기루 같은 것이지, 신기루는 아니다."

라는 답이 스님의 입에서 떨어졌다. 압력솥에 김빠지듯이, 정수리에서 화가 빠졌다. 죽도록 괴로운 내게 내 고통이 가짜라고 하셨다면, 나는 그분의 목을 졸랐을 지도 몰랐다. 수행자들이 나를 말리려고 뛰어 올 때, 나는 이미 홀을 벗어나고 있었다.

"여자가 출가자에게 손대다니, 그것도 멱살을, 미쳤어?"

"왜요? 여자가 병균이에요? 그리고 멱살 안 잡았거든요!"

"남방 계율 엄격한 거 몰라? 여자들은 비구 곁에 있는 것 자체가 실례야."

"젠장! 그러게 스님이 제대로 답을 해주셨어야죠!"

수행 지도 시간에, 나는 세상 진지하게 스님께 물었었다.

"이 세상이 허상인가요? 이 세상 속 우리의 경험도 그럼 허상인가요?"

라고. 내겐 내 고통이 내 존재 자체나 다름없었다. 이 세상이 가짜라면, 이 고통도 가짜란 말인가. 실체도 없는 고통 때문에, 난 이렇게 거지 같은 삶을 살고 있단 말이지. 그런데 스님께서는 내 질문에 침묵하셨던 것이다.

일체유심조(一切唯心造) : 분노가 만든 오해

마음이 모든 것을 만들었단다. 역류한 위산이 용암처럼 솟구치는 허기도, 십자인대가 끊어져 너덜거리는 무릎의 통증도, 정상인 척 살아야 하는 우울증 환자의 불안도 모두. 그래, 모두. 매 순간 굶어 죽어가는 아프리카 애들은 대체 어떤 빌어먹을 마음이 만든 거지? 나는 선방을 뛰쳐나갔다. 내 마음이 그렇게 만들었다. 유심이라는 말은 휴대폰 가게에서도 듣기 싫었다.

유식(唯識) : 분노가 만든 착각

모든 것이 마음의 인식 작용일 뿐, 세계는 실재하지 않는단다. 바람을 타고 새파란 하늘로 날아오르는 사월 벚꽃도, 예송 해변의 몽돌이 파도에 몸을 맡기고 아갈아갈 내는 소리도, 따스한 머그를 두 손으로 감쌀 때 느껴지는 온기도 모두. 젠장, 모두. 실재하지도 않는 세상이라면, 뭐 하러 착하게 살아야 되는 거지? 실재하지도 않는 사람 하나 죽여 버린들 뭔 죄가 되겠냐고? 나는 불교교학과를 자퇴했다. 내 마음이 대학원을 이 세상에서 없애버렸다. 유식하다는 말조차 듣기 싫었다.

〈내려놓는 산행〉

분노의 대상을 생각하며 한 걸음 한 걸음 올라간다. 오르는 길에서는 발이 무겁다. 땅에 발을 내려놓듯이 분노를 내려놓고, 가쁜 숨에도 분노를 실어 내보낸다. 거친 숨과 사나운 발 동작으로, 분노를 표출한다. 하산 길에서는 분노의 대상을 마음 밖으로 내보낸다.

"다른 사람이 비열한 짓을 했다고
그대는 불같이 화를 내는구나.
어찌 그대는 스스로
남이 했던 일을 되풀이 하는가.

나를 화나게 하려고
남이 불쾌한 짓을 했다면
왜 그대는 화를 내어
남의 목적을 만족시켜 주는가."●

● 《청정도론》제9장 거룩한 마음가짐 22.

애욕
; 손목이 잘린 아난다

마음이 감정을 분비하듯이, 몸은 욕망을 분비한다. 애욕 역시 몸에서 나는 땀과 같다. 땀이 난다고 자신의 몸을 비난할 필요는 없다. 내 것이 아닌 감정과 애욕을 제어하려는 노력 자체가 에고의 욕망인 것이다. 하지만 감정과 욕망이 자연스러운 것이라고 해서, 삶을 흔들게 내버려둬서는 안 된다. 충동적으로 욕망을 따라가다 보면, 재앙을 만나기 때문이다. 삶이라는 나무를 송두리째 뿌리 뽑을 수 있는 애욕이라는 돌풍은, 휘말리지만 않으면 미풍에 지나지 않는다.

잠자리에 들 시간인데도 아슈람은 여전히 술렁이고 있었다. 묵언하고 있는 수행자들에게 이유를 물어볼 수도 없는 노릇이었다. 스승님을 태운 지프가 서둘러 떠나는 것을 보고, 나는 큰 스승님께서 입적하셨을 거라고 짐작했다. 하지만 이튿날부터 아슈람에서는 병원비를 모금하기 시작했다. 사미인 아난다가 손목을 다쳤다는 것이다.

'수행 중에 손목을 다칠 일이 뭐가 있다고? 어? 어젯밤 나

간 차에 아난다는 안 탔었는데?'

수행에 별 관심이 없는 나는 금세 생각에 빠졌다.

'어제 오후, 분명히 아난다는 좌선하고 있었지. 아, 갑자기 벌떡 일어나더니 홀을 쿵쾅쿵쾅 가로질렀고.'

오전 좌선 시간 내내 이렇게 아난다 생각을 하면서, 스승님의 수행 지도 시간을 기다렸다. 그분은 돌아오지 않으셨다. 나는 혼자 돌아온 지프 운전사를 잡고 사정을 물었다.

"아난다가 도둑인 줄 알았대. 휘두른 칼에 팔을 다쳤다더군."

내 맹렬한 기세에, 그는 마지못해 몇 마디를 뱉었다. 황급히 등을 돌리는 그를 잡고 나는 놓아주지 않았다.

"도둑인 줄 알고 낫을 휘둘러요? 아난다는 승복을 입고 있었는데요, 사프란색!"

내가 이렇게 묻자 그는 "밤이었잖아"라고 하고는 입을 닫았다.

다음날 게시판에 짤막한 영문 경위서가 붙었다. 아슈람 근처 농가에 갔다가, 아난다는 도둑으로 오인 받았다고 했다. 어둠 속에서 아난다를 본 아낙이 놀라 소리를 지르자, 남편이 아난다에게 낫을 휘둘렀다는 것이다. 아난다의 상태는 생각보다 심각했다. 왼쪽 손목이 반쯤 잘려 몇 차례 접합 수술을 받아야 했다. 스승님께서는 그 사고에 대해 끝내 한 말씀도 하지 않으셨다. 게다가 병문안까지 금지되었다. 어이없는 나머지 화가 났다. 아난다는 아직 보살핌이 필요한 십대가 아닌가. 그런 끔찍한 일까지 당했는데. 세상 모든 일에 분통을 터트리는 사춘기 소년처럼, 나는 아슈람을 뛰쳐나갔다.

아난다를 다시 만난 것은 몇 년 뒤 뿌나였다. 아난다는 승복을 벗고 머리를 기르는, 예상치 못한 전개를 보여주었다.

"너, 그때 손 어쩌다 다친 거야? 대체 무슨 일이 있었던 거냐고?"

아난다를 끌고 나는 빈 교실로 들어갔다. 그리고 다짜고짜 그의 왼 소매를 걷어 올렸다. 진홍색 굵은 선이 그의 손목뼈 바로 위를 지나고 있었다. 손목을 끈으로 묶어놓은 것처럼, 선 위쪽의 살이 부어올라 있었다.

"수술 몇 번 받았는데, 아직 한두 번 더 받아야 된대요. 시스터, 이제 그만 해요."

아난다는 민망한 듯 한쪽 입꼬리를 올렸다.

"사실대로 말해. 안 그러면 너, 이 학교 못 다니게 해줄 거야."

이 협박이 통한 것은, 나를 비롯한 학부생들이 돌린 연판장으로 학과장이 잘린 참이었기 때문이다. 막 뿌나에 온 아난다도 그 일을 알고 있었다. (신문에도 난 일을 모를 수는 없다.)

"비밀로 해주실 거죠?"

"당연하지. 난 진실을 알고 싶을 뿐이야. 말해, 어서!"

"어…… 제가 그…… 좌선을 하다 보니 음욕이…….."

"음욕? 그래서 수행 중에 뛰쳐나갔어?"

"큰 장애라잖아요, 음욕과 분노가. 한창 때라서…… 아, 저 결혼했어요. 다시 그럴 일은…….."

"나가서 어쨌는데?"

"그…… 갑자기 여자를 보니까 정신이 나가 가지고…….."

"뭐? 강간이라도 했다는……?"

"아뇨, 아니에요! 그…… 남편이 뛰어와 낫을 휘두르는 바람에…….."

아난다는 고개를 들지 못했다. 잠시 넋이 나갔었던 나는 그를 두고 교실을 나갔다. 애나 애욕이나 철이 없으면 몹시 위험한 짓을 저지른다고 생각하면서.

내 친구 하나는 애욕이 일어날 때마다, 한밤에 설산으로 둘러싸인 라마유르*를 뛰어다녔다. 몸을 움직여라. 못 참겠다는 말은 변명이 되지 않는다. 바람이 불기 시작하면, 기운부터 빼라.

〈자신의 그림자와 대화하기〉

악당 취급하지 말고, 자신의 그림자를 이해하려고 노력해야 한다. 자신의 그림자와 대화하는 사연은 뒤의 '그림자 동화' 편에 상세히 언급돼 있다. 대화는 그 노력의 큰 부분을 차지한다. 하지만 나는 끝내 그림자와 이야기할 수가 없었다. 그림자가 도통 내 말에 응답하지 않았기 때문이다. 말이 통하지 않았지만, 그림자에게 이름이라도 지어주는 성의를 보여야 했다. 그리하여 내 그림자의 이름은 위영(危影), '위험한 그림자'가 되었다.(무협드라마 캐릭터가 아니다.) 그 뒤로 점차 내 그림자를 이해할 수는 없어도 더 이상 미워하지는 않게 되었다. 그러다가 처음으로 그림자가 내 편에 선 사건이 벌어졌다. 한국 사회에 적응할 수 있도록 나를 도와준 것이다. 나를 적대

●　　히말라야 라다크 지역

하던 그림자가 갑자기 내 도우미가 되다니? 나는 어리벙벙했다. 그리고 내 그림자의 이름을 위영(禕影), '아름다운 그림자'라는 뜻으로 바꿨다. 이름을 선물 받았다고 그림자가 천적에서 절친으로 자리를 옮긴 것은 아닐 텐데, 아직도 나는 그 이유를 모른다. 감추고 비난하지 않는 것만으로도 그림자가 반항을 멈춘다는 사실만 알 뿐이다.

나태라는 늪

분노와 욕망은 누구나 통과해야 하는 관문이라고 사부가 말했다. 기질에 따라 사람은 분노가 강한 형과 애욕이 강한 형으로 나뉜다고 한다.* 자신을 들끓게 하는 것과 마주하는 것이 수행의 시작이고, 그 관문을 통과해야 진정한 수행을 할 수 있다. 자신의 분노 혹은 욕망을 직시하는 것이 진정한 명상으로 가는 문인 셈이다. 그 문을 넘어 들끓어 오르던 분노와 욕망이 조금 잠잠해지면, 마음이라는 호수는 일단 잔잔하게 보인다. 이때부터 발목에 감기기 시작하는 것이 나태다.

● 청정도론은 사람을 세 가지 – 탐욕, 분노, 어리석음 – 유형으로 나누고, 각각에 적합한 수행법을 제시한다.

나태는 수면을 덮고 있는 수초와 같아서, 마음 깊은 곳을 들여다볼 수 없게 한다.

사람을 미친 것처럼 들쑤시는 분노가 가라앉자, 나는 늪과 같은 나태에 빠져들었다. 생각보다 추운 뿌나의 겨울에는 차디 찬 바닥을 피해 침대 위에서 좌선을 했는데 ― 얼마나 졸았는지, 침대의 철제 머리장식 위로 엎어져 머리에 중상을 입을 뻔 했다. (재빠른 오른손만 다쳤다.)

나태는 거울 위에 내려앉는 미세한 먼지 같다. 제 때 닦아내지 않으면, 자신을 들여다볼 수 없다. 졸리면 일어나서 걷자. 마음에 활기를 불어넣는 방법은 이것 말고도 많다.

명상,
무의식의 문을 여는 방법

명상은 꽤 위험할 수도 있다. 자신의 심연을 들여다보는 것, 즉 무의식과 대면하는 것이 명상이기 때문이다.

"우리는 실제로 무의식과 어떻게 대면할 수 있을 것인가? 이것은 바로 인도철학, 특히 불교와 선(禪) 철학이 제기하는

물음이다. 그러나 그것은 간접적으로는 모든 종교와 철학 일반의 실질적인 근본 문제다."•

　이래야 되고 저래야 되는 삶을 살아가면서, 우리는 이럴 수도 없고 저럴 수도 없어서 좌절하고 고통 받는다. 세상 순진한 아이에게도 해도 되는 일보다는 하면 안 되는 일이 늘 많은 법이다. 공자도 일흔이 되어서야 종심(從心 ; 마음이 하고자 하는 대로 해도 법도를 넘어서거나 어긋나지 않는 경지)에 도달할 수 있었다. 하고 싶은 일이 아닌, 해야 하는 일을 하기 위해 우리는 욕망과 감정을 외면한다. 이렇게 외면당한 욕망과 감정은 잡동사니처럼 무의식이라는 창고에 쌓여만 간다.

　명상은 무의식의 문을 여는 것이다. 비우기는커녕 들여다보지도 않은(심지어는 있는 지도 몰랐던) 창고의 문을 열면, 당연히 잡동사니가 쏟아져 나올 수밖에. 모든 일에는 작용과 반작용이 있기 마련이다. 뭔가를 해야 한다고 의식하는 것은, 동시에 하고 싶지 않다는 저항을 무의식 속에 억지로 밀어넣는 것이다. 무의식의 문이 열리면, 눌려 있는 스프링처럼 숨죽이

●　　융,《원형과 무의식》, pp. 335-336.

고 있던 것들이 갑자기 튀어나온다. 돌보지 않은 감정과 욕망이 깜짝상자처럼 터져 나오는 것이다. 문 뒤의 잡동사니가 일상을 어지럽히는 것을 보면, 당황스러울 뿐만 아니라 두렵기까지 하다. 눈에 보이는 삶도 어지러운데, 굳이 왜 보이지 않는 삶의 문까지 열어야 하느냐고? 물론 창고에 아직 여유가 있다면, '나'라는 집이 망가질 일은 없다. 삶을 굴러가게 하는 욕망과 감정을 눈앞에서 치우면 해야 할 일을 더 잘할 수 있을 것이라고 믿으며, 삶의 수레바퀴를 서서히 멈추게 할 뿐. 문 밖으로 삐져나오는 잡동사니를 감당하지 못해 창고 문짝이 날아가는 것보다, 조용히 시들어가는 편이 평화롭기는 하다. 빛과 그림자, 의식과 무의식, 이성과 감성 – 아폴론과 디오니소스는 델포이 신전을 공유하는, 한 신성의 두 가지 면이다. 한 쪽이 의미를 잃으면 다른 쪽도 마찬가지다.

우리의 의식은 포도주 병을 막은 코르크 마개에 지나지 않는다. 정신에 대해 우리가 아는 것은 딱 그 정도 깊이다. 무의식을 막고 있는 마개를 따지 않으면 삶의 완성이라는 포도주를 맛볼 수 없다.

〈한쪽 콧구멍으로만 숨쉬기〉

• 비슈누(Viṣṇu) 무드라(Mudra ; 수인手印, 손동작)

오른손의 집게손가락과 가운뎃손가락을 접은 손 모양.
오른쪽 콧구멍은 엄지손가락으로, 왼쪽 콧구멍은 약손가
락과 새끼손가락으로 막는다.

2. 오른손으로 왼쪽 콧구멍을 막
는다. 마음속으로 넷을 셀 동안 오
른쪽 콧구멍으로 숨을 깊이 들이
마신다.

3. 다시 여덟을 세면서, 오른쪽
콧구멍으로 숨을 끝까지 내쉰다.

4. 열 번 반복한다.

오후

오른쪽 콧구멍을 막고, 왼쪽 콧구멍
으로만 같은 호흡을 열 번 반복한다.

제 10장
머리가 둘인 새

"아마 지금 (이상한 나라의) 앨리스가 된 기분이겠지…… 다시는 돌이킬 수 없어. 파란 알약을 먹으면 얘기는 끝나. 네 침대에서 깨어나, 네가 믿고 싶은 걸 믿게 되지. 빨간 알약을 먹으면 이상한 나라에 남는 거야. 토끼굴이 얼마나 깊은지는 내가 알려주겠어."

워쇼스키 남매의 영화 〈매트릭스〉 첫 편에는, 주인공 네오가 두 가지 약 가운데 하나를 선택하는 장면이 나온다. 자신과 자신의 세상에 돌이킬 수 없는 선택을 하는 순간이다. 제대로 명상을 하다보면, 언젠가 그런 순간이 온다. 내가 더 이상, 내(에고)가 아닌 임계점이. 날마다 같은 침대에서 눈을 뜨지만, 같은 '나'는 아니다. 나(Self : 자기)는 에고가 아니며, 에고는 내가 아니다. 네오처럼 개고생하고 나면, 슈퍼맨 놀이를 할 수 있다는 뜻이 아니다. 자신이 '나'의 주인이라고 믿는 에고로부터, 마음의 감옥으로부터 서서히 풀려나는 것일 뿐이다.

깨달음을 얻기 전까지 우리 모두는 (정도의 차이는 있지만) 마음에 병이 있는 환자다. 모든 주관적 체험의 주체가 에고라고 믿는 병이다. 고통과 두려움은 그 병의 증상이다. 해탈이니 깨달음이니 하는 거창한 것도 실은 병이 완치되는 것에 지나지 않는다. 병에서 자유로워지려면, 자신을 정확히 진단부터 해보자.

영적 우회

요가와 명상이 트렌드가 되면서, "수행을 개인적인 혹은 감정적으로 '해결되지 못한 문제'를 우회하거나 회피하기 위한 수단으로 이용하는 경향이 만연"해졌다. 웰우드(John Welwood)가 '영적 우회'라고 부르는 이런 경향의 근저에는, 자신과 자신을 둘러싼 현실에서 도피하려는 욕망이 숨어 있다. 트라우마와 같이 버거운 신체적·정신적 문제에 막혀, 혹은 성인으로서의 책임과 의무가 부담스러워 사회가 요구하는 발달과제(학업, 취업, 결혼 등)를 수행하지 못하거나 회피하는 경우가 있다. 진지한 수행을 하지도 않으면서, 아슈람(수행처)을 맴도는 이가 적지 않은 이유는 그 때문이다. 하지만 이런 안타까운 경우보다, 자신이 영적으로 특별한 존재라는 은밀한 자존심을 얻기 위해 영적 우회를 시도하는 경우가 더 많다. 현실 속 열등감을 영적 우월감으로 극복하려는 사람들은 특별한 수행법에 뛰어난 경지, 유명한 스승을 내세우기 위해 기꺼이 구루 쇼핑을 한다. 한국인을 위한 법회가 다람살라에서 열렸을 때, 천만 원 넘는 보시금을 내놓을 테니 자기만 사적으로 달라이라마를 만나게 해달라고 조른 참가자가 있었다. 위대한 스승이나 수행법을 만나면, 개인적인 문제 따위는 한 방에 초월할 수 있다고 믿기 때문일까. 또한 심리적인 치료와 꿈·내면 작업 등에 지나치게 매달리는 것도 집착이고 도피다. 자신을 이해하고 있는 그대로 수용하기 위해 이런 치유의 과정은 필수적이지만, 나아가야 할 때 멈춰 서서 끊임없이 자신을 분석하는 것은 "자기 중심성이라는 막다른 골목에 이를 뿐이다."● 우리가 해야 하는 수행은, 색색의 모래로 만달라를

● 웰우드, 《깨달음의 심리학》, pp. 37-38.

그리고, 그 속에서 도상(삶)의 의미를 발견한 다음 그 만달라를 산산이 흩어 물에 버리는 인내의 여정이다. 자신 안의 미숙하고 상처 입은 아이를 일시에 성숙하고 강건한 어른이 되게 하는 방법 따윈 없다. 점수점오(漸修漸悟)●, 삶과 정면으로 대결하는 것을 피하지 말자.

투사,
세상을 바라보는 방식

내 아버지는 평생 건설업에 종사하셨다. 건축설계사무소를 운영하시면서, 설계부터 준공까지 인허가의 허들을 넘는 데는 이골이 나셨다. "누구나 이익을 추구한다"라는 그분의 가치관은, 사업에 최적화된 것이었다. CEO의 금언이 될 법한 이 말에는 몇 가지 버전이 있다. "누구나 사익을 추구한다"라든가, "누구나 뇌물을 바란다" 등등. 발주처는 물론 여러 허가청과 이익을 나누는 방법으로, 아버지는 순탄하지 않은 시대에 순조롭게 사업을 끌어오셨다. (IMF 때 설계사무실을 닫으실 때까

● 점차로 닦아 점차 깨닫는 것.

지는.)

어느 날 부모님 댁에 전화가 고장 났다. 고장 신고를 하려는 내게 아버지가 말씀하셨다.

"미리 챙겨주는 게 없으니까 일부러 선을 끊었겠지. 전화국에 돈 좀 집어줘."

합리적이라고 믿어 의심치 않는 자신의 생각·믿음·가치관이 투사의 산물이라는 것을 알아차리기는 쉽지 않다. 원래 투사는 자신 안에 수용할 수 없는(억누르고 있는) 충동, 욕망, 열등감, 죄의식 따위를 외부에 옮겨놓는 자기방어 기제를 말한다. 자신의 숨겨진 면을 밖에서 찾아내어, 주는 것 없이 싫은 사람을 만드는 것이 투사다. (부처 눈에는 부처만, 돼지 눈에는 돼지만 보이기 마련이다.) 넓게 보면, 세상을 바라보는 방식(해석) 자체가 투사라고 할 수 있다.* 노란 선글라스를 쓰면 세상이 노랗게, 검은 선글라스를 쓰면 세상이 어두워 보이는 것과 같다. 그래서 "모든 것은 다만 마음이 지어낸다.(一切唯心造)"**라고 하나 보다.

●   투사를 알아차리고 거두는 방법에 대해서는 바이런 케이티의 《네 가지 질문》을 참조할 것.

●●   화엄경의 핵심 사상

한밤에 마신 달디 단 물이 해골에 고인 물이었다는 것을 알고, 원효대사는 아침에 뒤늦은 토악질을 한다. 같은 물인데 뭐가 다를까? 물을 담은 그릇이 해골이었다. 날이 밝아 눈이 시각 정보를 받아들일 수 있게 되자, 마음은 그 정보를 '해골'로 판독했다. (마음은 오감의 정보를 이름이라는 범주로 읽어낸다.) 마음의 기능은 판독으로 멈추지 않는다. 받아들인 것을 해석하기 때문이다. 해골은 곧 죽음을 뜻하고, 죽음을 가져오는 병, 오염, 더러움과 무의식적으로 연결된다. 이제 마음은 멀쩡했던 몸을 들쑤신다. 머피(Joseph Murphy) 박사가 전하는, 슈바이처 박사의 목격담은 마음이 몸을 정말 죽일 수 있다는 것을 보여준다. 바나나를 조리한 뒤 씻지 않은 냄비로 만든 음식을 먹은 원주민 청년이 있었다. 그의 터부는 바나나였다. 바나나를 먹으면 죽는다는 금기를 굳게 믿었던 그는, 그 사실을 알자마자 경련을 일으키며 죽음을 맞았다. 그가 먹은 음식에는 바나나가 들어 있지 않았지만, 단지 같은 조리도구에서 요리했다는 이유만으로 마음은 자신의 믿음을 증명하고 말았다.

내 마음이 해석하는 세상을 사실이라고 믿으면 안 된다. 하물며 다른 사람에게 내 해석을 강요하는 것은 폭력이다. 해골 물을 마시고 각성한 원효대사는 후에 이런 명언도 남겼다.

"좋은 일도 남에게 하지 말라." 자기가 설계한 인생을 자녀에게 강요하며, "다 너 잘 되라고 그러는 거야"라고 강변하는 부모를 보라.

한편 정보를 해석하여 반응을 끌어내는 것이 마음이라면, 우리는 능동적이고 긍정적인 해석을 통해 세상을 다르게 바라볼 수 있다. 세상을 해석하는 자기만의 방식, 그것이 바로 태도다.

위치성(Positionality)

자신을 어떤 입장에 두는 것을 위치성이라고 한다. 입장을 취한다는 것을 달리 말하면, 세상을 흑백으로 가르는 것이다. 누구나 자신을 선하고 옳은 '정의'의 편에 두기 때문이다. 그래서 늘 우리 편은 맞고 상대편은 틀리다. 자신이 옳다는 것을 증명하기 위해, 거짓말을 하고 현실을 왜곡하며 자신을 합리화하게 된다. 항상 고지를 사수해야 하는 전투다. 위치를 가지는 이상, 이런 싸움을 피할 수는 없다.

물론 이원적 세상에 발 딛고 살아가면서 위치를 선택하지 않을 수는 없다. (선거 때만 해도 우리는 몇 가지 안 되는 옵션 가운데 선택을 강요받는다.) 시대가 취한 위치성 때문에 역사도 굴러간다. 신분제가 옳지 않다는 입장 덕에, 오늘날 (공식적으로나마) 노예제가 사라질 수 있었던 것처럼. 문제는 자신의 위치에 도덕적 권위를 부여하여, 그것을 절대적인 진리로 만든다는 점이다. 절대선은 없다. 쉴 새 없이 돌아가는 지구 위에서는 세상의 중심도 없다. 위치를 선정할 때야말로 유체이탈이 필요한 순간이다. 세상을 내려다보고 필요에 따라 위치를 택하자. 가뜩이나 미쳐 돌아가는 세상에, 발 디딘 곳에 깊이 꽂혀 자전하는 대지를 따라 빙글빙글 돌지 말자. 위치가 내 생각을 정하게 하지 말자.*

감상성 (Sentimentalism)

감상성은 불편한 현실을 피하기 위해, (포장된) 감정을 지나치게 표현하는 방어기제를 말한다. 외면해온 부모가 죽었을 때, 자식은 죄책감을 덜기 위해 슬픔을 과장하곤 한다. 슬픈 영화의 주인공이 되고 싶어 하는 욕망도 감상성에서 나온다.

---

* 마르크스는 개인의 여러 위치성 가운데 물질적 요인이 사상을 결정한다고 보았다.

감성을 조작하여 이익을 얻으려는 신파적 수법은 광고와 방송, 그리고 정치에 만연해 있다. 하지만 이 기만전술이 정말 위험한 이유는, 자신조차 속이기 때문이다. 에고가 조작하는 감정 때문에, 자신이 의롭거나 선량하다고 믿게 된다. (히틀러는 꽤 자주 울었다고 한다.) 실제로 감상성은 나르시시즘의 징후로 여겨진다.

다이애너 비가 사망했을 때, 영국인들이 보인 과장된 슬픔은 대표적인 감상성으로 지적되었다. 제 감정을 연기하는 어린 조카를 나는 오랫동안 지켜보았다. 울며 토하는 아이를 누가 벌줄 수 있을까. (아이들은 감정을 쉽게 신체화한다.) 체벌을 피하거나 원하는 것을 얻기 위해 보여준 감명 깊은 연기에, 아이 자신부터 속아 넘어갔다. 십대가 되자 아이는 종종 가족과 친구를 위해 울었다. 투명한 눈물은 이기적인 행동을 덮고, 자신이 착한 아이라는 거짓 믿음을 스스로에게 심어주었다.

감상성은 내면의 정직을 뿌리부터 흔들어, 자신을 진실하게 바라볼 수 없게 한다. 내 말과 내 행동의 숨은 의도를 파악하는 습관을 들이자. 양파 껍질 까는 것이나 마찬가지겠지만, 낯 따끔따끔한 창피함을 견디다 보면, 심지(마음자리)를 볼 수 있다.

그리고 이야기를 즐기고 싶으면 영화를 봐라. 자신의 삶이나 경험을 시나리오로 각색하지 말고.

힐링이냐 킬링이냐
; 에고의 팽창과 소외

현실에 짓눌리며 에고는 팽창과 소외를 반복한다. 풍선을 불 때처럼, 자존감을 불어넣으면 에고는 우쭐거리며 부풀어 오르고, 불어넣지 않으면 의미를 잃고 쪼그라든다. 에고에게 자존감을 불어넣어 주는 것이 바로 존재와 이어져 있다는 느낌, 아뜨만(Self =자기)이다. 자기와 연결되어 있을 때(숨을 불어넣을 때 = 팽창) 에고는 자신감에 넘쳐 성공을 향해 날아오른다. 연결이 끊어지면(숨을 불어넣지 않을 때 = 소외) 에고는 공허를 느끼며 세상으로부터 자신을 소외시킨다. 이카로스는 단 한 번의 비상 때문에 영원히 추락한 것이 아니다. 높이 날아 올랐다가(팽창) 따가운 태양(현실) 때문에 떨어지고(소외), 다시 힘을 회복하여 날아 오르기를 반복하다가 마침내 두 번 다시 날아오를 수 없게 된 것이다. 날개(자기)와의 연결이 영구히 끊어진 탓이다.

신과 신분의 속박이 덜한 현대에서 에고의 팽창은 능력주의 숭배로 나타난다. 능력주의는 실력만 있다면 누구나 성공할 수 있다는 신화다. 쓰라린 실패를 맛보며 이 신화에 배신당한 개인은, 천마를 다룰 능력도 없이 태양의 마차를 몰아간 파에톤처럼 비난 받게 된다. 추락한 에고는 자신감의 근원인 자기로부터 소외되어 존재할 권리를 스스로 의심한다. '견디기 어려울 만큼 심각한 소외'*는 폭력으로 나아가기까지 한다. 외적인 폭력은 살인, 내적인 폭력은 자살이다.

소외되어 위축된 에고를 위로하려고 우리는 '힐링'을 간구한다. 상처 입은 에고를 위해 꼭 필요한 과정이다. 상업화된 거짓 치유가 넘쳐나면서, 진정한 힐링은 오히려 더 어려워졌다. 힐링의 핵심은 닿아 있는 느낌이다. 존재와 이어져 있다는 느낌. 자연의 아름다움에 닿을 때, 사랑하는 이의 눈길에 닿을 때, 명상 가운데 자기와 닿을 때 – 우리는 홀로 있지 않다는 것을, 더 큰 존재와 이어져 있다는 것을 느낀다. 자신을 안아주는 존재(자기)가 있다는 것에 안도하고 나면, 에고는 잠가 두었던 방을 열고 나온다. 그것이 힐링이다.

● 에딘저, 《자아 발달과 원형》, p. 64.

에고가 팽창하면, 이성과 합리성을 과신하며 스스로 모든 것을 통제하고 결정하는 위치에 선다. 이렇게 에고가 지나치게 오만해질 때, 현명한 이는 에고를 죽이며 몸을 낮춘다. 교만한 에고는 반드시 일을 그르치기 때문이다. 신의 분노를 불러온다며 그리스인이 경계했던 오만(hubris)은 신의 분노가 아니라 자신의 실수 때문에 몰락을 가져온다. 오만의 단짝인 파멸을 피하기 위해, 깃을 펼친 수공작처럼 구는 에고를 겸손하게 만드는 것이 '킬링'이다. 에고의 잘난 척을 가차 없이 짓밟는 것.

지식, 성품, 취향 등에서 나라는 느낌을 얻으면, 오만해지기도 불안해지기도 쉽다. 비교할 수 있는, '나만의 것'이기 때문이다. 껍데기에 지나지 않는 것에서 받는 위안은 부질없기도 하다. 똑똑하거나 착해지는 것은 행복이나 깨달음과 별 상관없다. 공들여 닦은 지식과 성품이라 할지라도, 에고가 뽐내려고 입는 화려한 옷에 불과할 뿐이다. 또한 삶에 그다지 내세울 만한 성공과 실패가 없었더라도, 에고는 그 과정과 선택 위에 충분히 오만의 토대를 세울 수 있다. '나 이런 사람이야!'라고 말할 수 있는 거리는 어디서든 얼마든 짜낼 수 있으니까. 실패의 긴 리스트를 가지고도 에고는 우쭐될 거리를 지어낸다. 인생의 쓴맛에 대해 잘 안다는 것이 얼마나 큰 오만인가. 게다가 자신이 뭘 좀 안다는 지적 오만처럼, 자신도 깨닫지 못하는 오만이야말로 가장 피하기 어려운 내 안의 적이다.

에고의 팽창 가운데 가장 은밀한 것은 순결한 헌신자 또는 무고한 희생자로 여기는 것이다. 죄책감, 겸손(비하), 이타심, 심지어 사랑까지도 지나치면 모두 팽창의 증거가 된다. 수행을 해본 적이 없다는 내 말에서, 도반은 겸손을 가장한 오만을 지적해냈다. 유난 떠는 요기들보다 내가 더 수행을 잘 안다는 오만인지, 수행을 따로 하지 않아도 될 만큼 치열하게 살았다는 오만인지는 잘 모르겠다. 이런 종류의 오만은 겸손 같이 바람직한 덕목을 가면으로 쓰기 때문에 더욱 잡아내기 어렵다. 또한 '과도하고 절제되지 않은 죄책감과 고통'● 역시 에고가 자신을 헌신자나 희생자로 연출하기 위해 걸치는 무대의상이다.

에고는 풍선처럼 팽창과 수축을 반복한다. 전통 사회에서 종교와 공동체는 개인을 소외시키지 않았다. 또한 신과 신분

● 위의 책, p. 30.

은 개인의 팽창을 저지하곤 했다. 그러나 이제 우리는 유폐된 에고를 위로하기 위해, 또한 으쓱대는 에고를 죽이기 위해 홀로 분투해야 한다. 계층마다 다르게 주어지는 기회를 공평하다고 강변하는 사회 속에서, 에고의 힐링과 킬링 모두 개인이 책임지게 되었기 때문이다. 능력주의의 신기루에 빠진 개인은 자기계발이라는 소금물을 들이키며, 낙타(공동체)도 없이 약육강식의 사막 속을 헤맨다. 자기 밖에서 무언가를 찾는 사람은 끝없이 목마르다. 마르지 않는 샘이 자기(아뜨만) 안에 있다는 것을 깨달을 때까지. 에고의 소외가 극도에 이르면, 영혼의 어두운 밤이 온다. 언제 끝날지 모르는 막막한 어둠 속에서 자신을 귀신이나 괴물로 자인하게 되는 밤이. 그 시기를 십 년쯤 겪고 나서 드디어 어둠이 아니라 빛에 익숙해질 무렵, 소외의 시기가 다시 내게 찾아왔다. 스승과 가르침을 죽인 대가였다. ("더 작은 가치에 대한 집착은 파괴되어야 한다."*) 대체 언제까지 에고라는 풍선을 불어야 하느냐고 울부짖으며, 가르침으로 통하는 문인 싼스끄리뜨마저도 내팽개쳤다. 그래서 풍선 불기는 언제 끝나더냐고? 물론 풍선이 없어져야 완전히

● 위의 책, p. 112.

끝난다. 하지만 에고가 살아 있어도 팽창과 소외를 멈추는 방법은 있다. 바로 자기와의 대화다. 그 대화의 창을 여는 방법에 대해서는 다루지 않는다. 개구리가 진흙탕 속에서 처절하게 울어야 비가 오는 법이니까.

그림자 동화

내 그림자는 억압 때문에 생겨난 것이 아니다. 나는 인간 자체에 그다지 관심이 없었고, 눈치도 몹시 둔했다. 돈을 주는 곳(직장) 밖에서는 줄곧 괴팍하고 성마른 성격을 숨기지 않았기 때문에, 페르소나가 두껍지 않아 그림자도 옅었다. 내 그림자는 오히려 내가 한때 능력이라고 여겼던 것이다. 안 되는 일도 되게 하는 수단과, 될 일은 더욱 잘 되게 하는 방법(융통성)이랄까. 수단과 방법에 대해 배운 것은 초딩 때 삼국지로부터다. 어린이 삼국지에 만족하지 못한 나는, 일본 작가가 평역한 세로 판형의 삼국지연의 수백 페이지를 몰래 읽었다. 무수한 한자 때문에 완독하지는 못했지만, 대의와 대업을 위해서는 무슨 일이든 할 수 있다는 생각이, 제갈공명과 함께 굳건히 내 안에 자리 잡았다. 제갈공명을 선망한 나머지, 정사 삼국지는 물론 몇 가지 버전의 삼국지연의를 찾아 읽기까지 했다. 대의와 대업이 먹고사니즘과 내 사업으로 타락하는 데는 직장생활 몇 년이면 충분했다. 인천에서 사무실을 운영하며, 나는 주로 공장에 들어가는 소방설비를 설계했다. 쓸데없이 돈 들어가는 소방시설을 빼주는 것이 설계 능력이었다. 이따금 설계도면에 찍힌 도장을 위조하기도 했다. 그 와중에 씨랜드 화재가 터졌다. 병아리 같은 유치원생 열아홉과 교사 넷이 불타 죽은 대형 사고였다. 고향 집성촌 근처에서 일어난 일이다. 뒤이어 인천 호프집에서 불이 나, 십대 쉰여섯이 몰사당했다. 하필 내 사무실이 있는 곳에서. 내 손으로 불을 질러 아이들을 죽인 것은 물론 아니다. 하지만 먹고살자고 나부터 눈 감았기 때문에, 거대한 살인 시스템은 계속 돌아갔다. 그때부터 능력은 그림자로 바뀌었고, 나는 소방직을 떠날 수밖에 없었다. 이후로 오랫동안 그림자를 외면했다. 대화는커녕, 보려는 시도조차 해보지 않았다. 그림자를 혐오하는 마음이 덜해진 것은, 비슈누의 화신 끄르슈나를 알고 나서다. 도둑질로 어린 시절을 보낸 이 장난꾸러기 신은, 간교한 사기꾼이자 스케일이 다른 난봉꾼이다. 화신답게 악을 처단한 뒤로는 인간사에 끼어들 이유가 없건만, 끄르슈나는 사촌 간의 왕

위쟁탈전에 뛰어들어 권모술수의 진수를 펼쳤다. 패자만 있는 전쟁에 그는 스스로 발을 들여놓았고, 전쟁으로 아들 일백을 죄다 잃은 어머니의 저주를 받고 죽었다. 자신의 최후가 비참하리라는 것을 알고 있었으면서도, 그는 왜 전쟁에 뛰어들었을까. 앞날을 아는, 학 같은 선비 공명이 세 번밖에(!) 찾아오지 않은 유비를 왜 따라 나섰을까. 나는 내 자신에게 묻기 시작했다 – 아끼는 이를 위해 어디까지 할 수 있을까. 그림자와 직접 이야기를 나눈 적은 없지만, 이 질문은 나로 하여금 내 그림자를 돌아보게 했다. 귀국 후 소방직으로 돌아가기 위해 노력할 수 있었던 것은, 그림자가 내 편에 선 덕분이다. 소방 감리 교육을 받는 동안, 드디어 나는 미흡하게나마 그림자를 통합*할 수 있었다. 법정 소방시설을 제대로 갖추었는지 꼼꼼히 살피는 한편, 안 되는 일을 미리 검토하고 변경하여 되도록 만드는 것이 감리였기 때문이다. 하지만 막상 나는 당장 출근하라는 면접관의 제안을 거절했다. 그림자를 동화시키고 나서야 확실히 알게 되었다. 나(에고)를 위해서는 굳이 뭔가를 하지 않아도 된다는 것을.

● 　그림자를 비롯한 원형은 완전히 통합될 수 없다.

관찰자 의식

함께하는 동반자인 두 마리 새가
같은 나무에 깃드네.
그 가운데 하나는 달콤한 열매를 먹고
다른 하나는 먹지 않고 지켜본다네.*

한 나무에 깃드는 두 마리 새는, 한 몸에 거하는 '에고'(나)와 아뜨만(참나)을 뜻한다. 먹고 마시고 기뻐하고 슬퍼하며 삶을 향유하는 것은 바로 나 자신이다. 두 마리 가운데 달콤한 열매를 먹는 새다. 하지만 그런 나를 지켜보는 또 다른 나가 있다. 진정한 나라고 할 수 있는 아뜨만이다. 이 참나는 나를 가만히 관찰하기만 한다. 열매를 먹지 않는 (삶에 관여하지 않는) 새다. 아뜨만은 세상사에 끼어들지 않기 때문에, 우리는 에고만을 나 자신이라고 여기며 참나의 존재를 잊고 살아간다. 에고는 사실 아뜨만의 하인에 불과한데 말이다. 원래 주인은 까맣게 잊어버린 채, 에고는 제가 주인이라고 착각하며 살아간다.

● 슈웨따슈와따라 우빠니샤드 (4. 6.)

아뜨만을 마차 탄 이로, 몸을 마차로 알라.

또한 지성을 마부로, 또한 마음을 고삐로 알라.

감각기관이 말이고, 감각의 대상은 길이라고 일컬어지나니……●

몸이라는 마차에 아뜨만을 손님으로 모시고, 감각기관이라는 말들을 마음의 고삐로 이끌면서 나아가는 것이 삶이다. 결정하는 특성을 지닌 지성은 에고라고 볼 수 있다. 어느 길로 갈지 선택하고 감관이 이끄는 몸을 마음으로 다잡으며 몰아가지만, 에고는 마부일 뿐 주인이 아니다. 아뜨만을 진정한 주인으로 자리매김하려면, 나를 지켜보는 '시선'을 느껴야 한다. 그것이 관찰자 의식이다. 앞서 우리는 '나'와 함께 걷는 연습을 했다. 나를 지켜보는 또 다른 나를 의식하는 훈련이다. 이 또 다른 나가 바로 관찰자 의식이자 아뜨만이다. 거리를 두고 지켜볼 수만 있다면, 삶은 좀 더 수월해지지 않을까. 적어도 화나 욕심에 휩쓸려 마차가 떠내려가지는 않을 테니까. 지켜보기만 하고 참견하지 않는 너그러운 주인(아뜨만) 때문에, 배(삶)가 산으로 가면 안 된다. 주인의 눈초리를 따갑게 느

● 까타 우빠니샤드 (1. 3. 3~4.)

낄 수 있도록 뒤통수에 눈을 달아보자. 어떻게? 12장에서 위빠사나 수행이 기다린다.

〈양쪽 콧구멍으로 숨쉬기〉

• **준비 자세**

한쪽 콧구멍으로만 숨쉬기를 할 때와 같이, 책상다리로 앉아 오른손으로 비슈누 무드라를 취한다.

• **1 세트**

 1. 오른쪽 콧구멍을 막는다. 넷을 셀 동안 왼쪽 콧구멍으로 숨을 깊이 들이쉰다.

 2. 왼쪽 콧구멍을 막는다.

3. 오른쪽 콧구멍을 열고, 여덟을 셀 동안 오른쪽 콧구멍으로 숨을 내쉰다.

4. 다시 넷을 셀 동안 오른쪽 콧구멍으로 숨을 들이쉰다.

5. 오른쪽 콧구멍을 막는다.

6. 왼쪽 콧구멍을 열고, 여덟을 셀 동안 왼쪽 콧구멍으로 숨을 내쉰다.

날숨 뒤에는 손을 움직이지 말고, 들숨 뒤에만 손을 바꾸어 콧구멍을 막는다. 한 세트를 열 라운드 반복한다.

〈교호호흡(Anuloma viloma)〉

복식호흡이 익숙한 경우에만 행한다. 임산부 역시 이 호흡을 피해야 한다.

- **준비 자세**

편안하게 앉아 허리를 편다. 오른손으로 비슈누 무드라를 취한다. 왼손은 손바닥을 위로 해서 무릎 위에 놓고 움직이지 않는다.

- **1 set**

1. 오른쪽 콧구멍을 막는다. 왼쪽 콧구멍으로 숨을 들이쉰다.
2. 숨을 멈춘 상태로, 왼쪽 콧구멍을 막는다. (두 콧구멍을 모두 막은 상태)
3. 오른쪽 콧구멍을 열고, 오른쪽 콧구멍으로 숨을 내쉰다.
4. 오른쪽 콧구멍으로 숨을 들이쉰다.

---

5. 숨을 멈춘 상태로, 오른쪽 콧구멍을 막는다. (두 콧구멍을 모두 막은 상태)

6. 왼쪽 콧구멍을 열고, 왼쪽 콧구멍으로 숨을 내쉰다.

날숨 뒤에는 오른손을 움직이지 않고, 들숨 뒤에만 콧구멍을 막으면 된다. 들숨과 멈춤, 그리고 날숨의 비율은 1 : 1 : 2(예를 들면, 2초 : 2초 : 4초)로 시작하여, 점차 호흡을 멈추는 시간을 1 : 4 : 2(4초 : 16초 : 8초)까지 늘려간다. 긴장하지 말고 마음속으로 숨의 길이를 센다. 한 세트를 열 번 반복한다. 이 호흡은 막힌 콧구멍을 뚫고 머리를 맑게 한다. 좌선 전에 하면 좋다.

제 11장

시크릿은 없다

어린 유학생 하나가 〈시크릿〉이라는 동영상 파일을 뿌나에 뿌렸을 때, 스승님과 나는 영화인 줄 알고 즐거이 그것을 보았다. 내공이 부족했던 내게 론다 번의 〈시크릿〉은 달콤한 불량식품 같았다. 힘(열량)을 주지만 몸을 망치는 인스턴트 식품. 하지만 스승님께서는 〈시크릿〉을 농담이라고 생각하셨다. 그것도 산타클로스 같은 동화 수준의 농담이라고. "사람들이 설마 그걸 믿겠어?"라고 하시며 그분은 철없이 웃기만 하셨다. (스승이라고 하는 분들은 원래 사태 파악을 잘 못하신다.)

수메르인지 바빌로니아인지에서 비밀스럽게 전수되었다고 하는 〈시크릿〉은 비밀도 진리도 아니다. 진리로 통하는 문은 어디에나 있지만, 좁고 불편해서 그 문으로 들어가는 자가 적을 뿐. 끌어당김의 법칙은 어설프게나마 비이원성*이라는 사실에 기초하고 있기 때문에, 사람들의 마음을 사로잡을 수 있었다. 이 세계가 실체가 아니라는 사실에 욕망이라는 옷을 입혀, 갖고 놀기 좋은 인형을 만든 것이다. 히틀러가 순정한 아리아 제국을 꿈꾸었기 때문에 홀로코스트가 일어났다. 가르침을 배우려는 이는 우선 자격부터 갖추어야 한다. 독재자 아니면, 사기꾼이 될 수도 있으니까.

쌍깔빠(Saṃkalpa)
– 나만의 주문 만들기

쌍깔빠는 기원이나 결의를 뜻한다. 삶의 목표라고 볼 수 있는데, 단순한 목표가 아니라 삶의 지표가 되는 바른 목표를 말한다. 현재형 긍정문으로 소원을 구체적이고 간명하게 표현한 것이다. "나는 좋은 직장을 구한다", "나는 뛰어난 작가이다" 등등.

잠이 들거나 깰 때, 그리고 요가니드라 등의 이완을 행할 때 쌍깔빠를 반복적으로 읊는다. 의도를 모으기 위해서다. 산

● 비이원성에 대해서는 불이론 베단따 철학을 참고할 것.

만한 상태에서는 목표를 이루려는 의도와 의지를 결집하기 어렵기 때문에, 이완 시의 집중 상태에서 마음을 모으는 것이다. 사방을 비추는 가로등 같은 주의력을 레이저처럼 한 점에 집중한다고 보면 된다. 그만큼 큰 실행력을 끌어낼 수 있다. 쌍깔빠를 결정할 때는 숙고해야 한다. 돈이라는 쌍깔빠를 만들면, 그 목표는 삶이라는 길 위에 서 있는 표지판을 모조리 뽑아내고 돈을 가리키는 것만 남겨둔다. 충분히 돈을 번 후 진정한 사랑을 찾고 싶어도, 사랑을 가리키는 표지판은 이미 뽑혀나간 뒤다. 소원이 이루어진 것에 깊이 감사하며, 사랑이라는 새로운 쌍깔빠를 만드는 수밖에 없다. (물론 새로운 표지판을 세우는 데는 상당한 시간이 걸린다.) 자신이 누구인지, 자기 삶에 어떤 의미가 있는지 근원적 물음에 답할 수 있어야 합당한 쌍깔빠를 찾을 수 있다. "나는 내 자신을 사랑한다", " 나는 매순간 깨어있다"와 같이. 쌍깔빠를 만드는 요령은 네 가지다.

주체는 나

자신에게 실현 가능한 일을 쌍깔빠로 만들어야 한다. "나는 남편을 출세시킨다"처럼, 실제 일을 이루는 사람이 타인이면 안 된다. 자신이 어쩔 수 있는 것은 이 세상에서 오직 자신뿐이다.

내게 맞는 것

자신의 욕망과 성격을 거스르면 안 된다. "나는 몸무게를 42kg으로 유지한다"와 같은 언명은 식욕이라는 본능에 맞선다. 몸의 욕망을 거스르는 목표는 성공하기 어렵다. 또한 지극히 내성적인 사람이, "나는 다양한 사람들과 활발하게 사귄다"와 같은 쌍깔빠를 지니면, 자신의 기질과 싸우게 된다. 자신의 욕망과 성격과 적성이 한결같이 바라는 일이라야 이루어진다. 간절히 원하면 우주가 나서서 도와준다고? 맞는 말이긴 하다. 물론 그 우주는 '나'의 우주다. 내 세상을 만들어가는 것은 나니까. 기질, 체력, 능력 등등 내 우주의 특성을 잘 알아야, 잠재된 내 자질을 꽃 피울 쌍깔빠를 찾을 수 있다.

내 마음이 열망하는 것

쌍깔빠는 해야 할 일을 마음에 주입하는 것이 아니라, 마음이 진정으로 바라는 것을 발견하는 것이다. 나쁜 습관, 부정적인 사고와 정서 따위를 변화시키기 위한 방법이 아니다. (그런 것은 그저 지켜보고 받아들여야 덧나지 않는다.) 자기 안에서 기쁨과 확신이 흘러나오게 하는 것이 쌍깔빠다. 억지로 마음에 불을 지피지 말고, 마음이 자연 발화할 때까지 기다려도 된다.

나와 우리와 모두를 위한 것

내 바람을 이뤄주기 위해 내 세상은 움직이겠지만, 다른 이들의 세상도 그럴까? 나와 우리와 모두에게 유익한 바람만이 나를 둘러싼 환경을 변화시킬 수 있다. 쌍깔빠가 반드시 소명을 드러낼 필요는 없다. 하지만 여럿에게 의미 있는 것이라면, 의미 있는 변화를 끌어낼 수도 있다. 내 목표를 이루기 위해 도와주는 사람이 생길 테니까. 쌍깔빠는 자기 삶에서 의미를 추출할 준비가 된 이에게만 적합한 수행이다. 수표에 동그라미를 셀 수 없이 그리고 나서, 그 종이가 현금이 될 날을 꿈꾸는 몽상가에게는 위험하기까지 한 방법이다. 또한 에고를 해체하는 세 번째 단계에서는 쌍깔빠를 쓸 일이 별로 없다. 주어인 '나'가 사라지기 때문이다.

시각화

이루어지기 바라는 비전을 눈앞에서 생생히 체험하는 것을 시각화라고 한다. (환영과는 다르다.) 이완 상태에서 집중할 때, 목표를 시각화하기 쉽다. 쌍깔빠보다 더 위험한 방법이지만, 하루 종일 종알거리며 말 안 듣는 아이(에고)를 조용히 시키려면 유튜브 영상(시각화)을 보여줄 수밖에 없다.

아사나를 대강 익히고 나서, 운 좋게 쁘라나야마(호흡법)만 집중적으로 배울 기회가 있었다. 한국 유학생들이 뭄바이에서 요기를 모셔왔던 것이다. (선생을 추천한 베다 연구소장은 그를 정말 성자로 숭배했다.) 인도 성자라면 다 사기꾼이라고 생각하는 한국인들에게 구루 대접을 받지 못하자, 애가 탄 그는 몇 주 안 되는 짧은 기간 동안 자신의 테크닉을 다양하게 선보였다. 호흡과 결합한 시각화 기법이 대단히 위험할 수도 있다는 것을 그때 알게 되었다. 미간에 펼쳐지는 스크린이 보여주는 영상은 매혹적이었고, 채널을 맞추면 자신이 주인공이 될 수도 있었다. 약간의 집중력으로 스크린을 펼치기만 하면, 신기한 환상이 끊임없이 흘러나왔다. 경전의 준엄한 경고를 듣지 않았다면, 이 개인 영화관에 갇혀버렸을 것이다. 후에 만난 웬 요기가 명상 중에 스와스띠까(卍)처럼 생긴 은하를 보았다고 했을 때, '나 자신을 봐야지, 쓸 데없이 은하는 뭐 하러?'라는 생각이 들 정도로 제정신을 차리기까지는 일 년 넘게 걸렸다.

시각화는 신, 인간, 자연, 동물, 추상적 상징 등 다양한 대상을 취할 수 있다. 시각화하는 방법은 크게 세 가지인데, 첫째는 상징, 두 번째는 장면, 세 번째는 이야기다. 상징은 십자가

에 못 박힌 예수(십자가)나 연꽃 위에 앉은 붓다(불상)와 같은 것이다. 장면은 사진처럼 정지된 모습으로 나타난다. 시각화를 연습하지 않았는데도, 요가니드라 중에 어떤 장면을 본 적이 있다. 사람이 가득 찬 강당에, 암청색 장막이 뒤에 보이는 무대(연단)가 있었다. 그 위에 나를 비롯한 몇몇이 의자에 앉아 있고, 그 밑에는 휠체어를 탄 소녀가 있었다. 푸른 색감이 선명한 사진 같았는데, 아직도 의미를 모른다. (실현되지 않았다.) 마지막은 이야기의 형태를 띠는 시각화이다. 동굴이나 바다 속을 헤매는 등 사건의 흐름이 있다.

쌍깔빠와는 달리, 시각화는 목표를 명확하게 할 뿐 삶에서 의미를 추출하지는 못한다. 준비가 되지 않은 이에게 시각화는 그저 백일몽이다. 사막에서 물을 찾는 이에게 오아시스 신기루가 위험하듯이, 갈망에 목마른 이에게 시각화는 소금물 같을 수 있다. 그럼에도 불구하고 굳이 시각화를 소개하는 이유는, 역경을 극복하고 삶에 의미를 부여하는데 시각화가 도움이 될 수 있기 때문이다. 터널 같은 좌절 속을 오랫동안 헤매는 동안, 나는 동굴 속 여행을 시각화했다. 캄캄한 곳에서 길을 잃었더라도 이 동굴 끝에는 출구가 있고, 이 고난은 흥미진진한 모험이라는 것을. 이런 형태의 시각화는 '개인의 신

화(personal mythology)'로 소개되어 있다.[*]

쌍깔빠든 시각화든 억지로 시도하지 말자. 때가 되면 의미나 목표는 절로 의식 위로 떠오른다.

자동글쓰기 (Channeling)

자동글쓰기란 삶에 의미를 구축하는 치유적 글쓰기를 말한다. 의식적 사고(검열관)를 벗어나, 무의식적 생각의 힘을 따라가는 글쓰기다. 의식하지 못한 상태에서 글쓴이는 메시지를 만들어 낼 수 있다. 최근에 이 방식의 글쓰기를 시도한 적이 있었다. 이런 자동기술법이 있다는 것을 알지 못하면서도, 나는 판타지 웹소설 형식의 글을 써내려갔다. 진지한 책과 논문만 쓰던 내가 장르소설을 쓰다니? 나로서도 이해하기 어려웠지만, 쓰고 싶다는 욕망을 참을 수 없었다. 세상을 멸망시킬 파멸의 여신이라는 예언을 타고난 인간 소녀가 비뉴천(비슈누)의 제자가 되어 우여곡절을 겪는다는 줄거리였다. 2백자 원고지 삼천 매를 미친 듯이 써내려 간 뒤 중간 퇴고를 하다

● 파인스타인, 《개인의 신화》 참조.

가, 소름 돋는 사실을 발견했다. 그 이야기가 내가 처한 현실을 신화적으로 표현한 작품이라는 것을. 스승과 결별하고 믿음을 죄다 무너뜨려야 했던 살불살조(殺佛殺祖)*의 시기에, 나는 그림자를 동화하기 위해 안간힘을 쓰고 있었다. '바리공주'라고 이름 붙인 그 소설에는, 아버지와 다름없는 스승을 거역하고 스스로 그림자가 되어 세상을 파괴하려 드는, 내 에고의 미숙한 모습이 고스란히 담겨 있다. 미흡하나마 내 그림자를 동화한 이후에는 스토리의 방향을 틀었다. 주인공 바리가 세상을 멸망시키려 한 이유가 실은 인간을 위해서라고. 또한 스승에 대한 지극한 존경은 남녀 간의 사랑으로 바뀌었다. 그 즈음 신약을 열심히 읽으며, 나도 모르게 박띠(헌신)에 빠져들었기 때문이다. (박띠요가는 신과의 사랑을 남녀 간의 열정으로 표현한다.) 이 글을 쓰기 시작할 무렵, 소설의 결말이 났다. 생과 사의 경계인 삼도내에 바리가 영원히 머무는 것으로. 한국 사회로 완전히 회귀하지 못한 내 처지가 그랬다. 이 휘갈기기 신공이 태풍처럼 지나간 후에, 나는 다른 중년들도 비슷한 열병을 앓는다는 것을 뒤늦게 알았다. 심지어 융도 그랬다. 이

● 부처를 만나면 부처를 죽이고 조사를 만나면 조사를 죽이라는 《임제록(臨濟錄)》의 구절. 나를 얽매는 우상과 관념에 속박되지 말라는 의미다.

제 그들의 삶은 술처럼 숙성되어 의미를 맛보아야 하는 때가 온 것이다. 사람들을 불러 모아 술을 다 퍼주고 나면, 술독(에고)을 깨뜨릴 일만 남았다.

삶에서 의미를 다 발효시킨 중장년 소수에게만 자동글쓰기가 필요한 것은 아니다. 의식의 흐름에 따라 막힘없이 글을 쓰면, 억압되어 있는 감정과 생각을 끌어낼 수 있다. 자동글쓰기는 마음의 상처를 보듬고 화해와 용서를 끌어내는 치유 수단이다. 치유로서의 글쓰기를 안내하는 책과 워크숍은 다행히 셀 수 없이 많다. 보여주기 위한 글이 아니라 자신을 들여다보기 위한 글이다. 맞춤법과 플롯 따위에는 신경 *끄고* 무조건 펜을 들어보자.

요가의 여덟 단계

"아슈탕가요가를 공부하고 싶습니다."

산 넘고 물 건너 뿌나까지 찾아온(그때는 뿌나와 뭄바이 사이에 고속도로가 없었다.) 요기가 둘 있었다. 그들은 비장하게 말했지만, 듣고 있던 모두는 어리둥절해졌다.

"요가는 다 아슈탕가입니다만⋯⋯?"

"다른 건 필요 없고, 아슈탕가만 배우려고 합니다."
"요가가 전부 그건데요?"

질문을 하는 두 요기는 아슈탕가가 '여덟(아슈타) 부분(앙가)'
을 뜻한다는 것을 몰랐고, 대답을 하는 우리는 그것이 하타요
가의 한 분파*라는 것을 몰랐다.

요가라면 으레 여덟 단계로 이루어져 있기 때문에, 흔히 '8
지 요가'라고 불린다.

> "요가는 – 야마(외적 규율), 니야마(내적 규율), 아사나(자세), 쁘라나
> 야마(호흡 조절), 쁘라띠야하라 (감각을 거둬들임), 다라나(집중), 디야
> 나(선정), 사마디(삼매) – 여덟 부분으로 이루어져 있다."**

삶의 위험을 피해 안거할 수 있는 집을 짓는 것이 수행이
고, 곧 요가다. 말했다시피, 다 행복하자고 하는 짓이다. 인생

- 파타비 조이스가 창시.
●● 2.29. Yama-niyama-āsana-prāṇāyāma-pratyāhāra-dhāraṇā-dhyāna-
  samādhayo 'ṣṭau aṅgāni.
  samādhayaḥ aṣṭau
  (여머-니여머-아서너-쁘라나야머-쁘러띠야하러-다러나-디야너-쎄마더요 슈타우 엉가니.)

의 풍파로부터 자신을 지킬 수 있는 집이 뭘까? 우선은 법 없이도 될 만큼 바르게 사는 것이다. 범죄를 저지르면 경찰이, 빚을 지면 빚쟁이가 무섭기 마련이다. 또한 원한을 만들수록 밤길이, 욕망이 많을수록 카드 결제일이 두려워진다. 자신을 지키는 기본은 빌미를 주지 않는 것이다. 그래서 8지 요가라는 집의 1층은 외적 규율, 2층은 내적 규율이다. 기본이 제대로 서고 나서야 아사나(자세), 즉 몸의 건강을 챙길 수 있다. 또한 건강 위에 몸과 정신의 안녕을 가져오는 쁘라나야마(호흡 조절)을 세운다. 여기(4단계)까지는 건강을 위해 누구나 할 수 있는 요가다.

2층부터는 진정한 수행이 기다린다. 욕망을 절제하는 쁘라띠야하라(감각을 거둬들임)가 시작이다. 다라나(집중), 디야나(선정), 그리고 사마디(삼매), 이 셋은 명상을 말한다. 뒷단계는 우리를 삶에 중독시키는 세 가지 독(삼독) – 탐냄, 화냄, 어리석음 –을 해독하여, 안전하고 행복한 인생을 완성한다. 가장 높고 안전한 층에서 탁 트인 전망을 감상하며, 까마득히 보이는 인간사의 전경을 조망할 수 있다. 떨어져서 바라보면, 그 어떤 것도 슬프거나 아프지 않다.

여덟 단계 가운데 앞의 두 단계는, 본격적인 수련에 앞서 삶을 가다듬는 예비단계이다. 물론 삶이 정비되지 않아도 이후 단계를 수행할 수는 있다. 쁘라나야마나 아사나를 먼저 닦으면서, 차차 삶에 자기 규율을 세워나가도 된다. 하지만 토대가 탄탄해야 튼튼한 건물을 지을 수 있다는 것을 기억하자. 달리는 관광버스 안에서 춤출 생각은 하지 않는 것이 좋다.

외적 규율(야마)

윤리적인 규범. 살생하지 않음(아힘사), 진실함, 도둑질하지 않음, 성적 금욕, 그리고 탐내지 않음을 말한다. 지키지 않으면 사회적 비난과 제재가 따른다.

① 윤리적 기반

동양에는 절대선이나 절대악이 존재하지 않으며, 선과 악은 관점의 차이일 뿐이다. "악이란 해로운 만남에 불과하며, 일종의 소화불량"* 같다. 옳고자 하는 것 자체가 욕망이라고 할 수 있다. 진정한 지혜는 선악을 저울질하는 것이 아니라, 선악 자체를 떠나는 것이다. 그러나 "선악을 넘어선 영역에서도 여전히 좋은 것과 나쁜 것은 존재한다."** 윤리적인 규율

● 　스피노자, 《에티카》 가운데.

●● 앞의 책.

이 요가의 첫 단계로 제시되는 까닭은, 내 욕망이 세상과 충돌할 때 나를 지켜주기 때문이다. (부자가 되고 싶다고, 은행을 털수는 없다.) 소시오패스가 아닌 이상, 사회적 규율을 어긴 이는 수치심, 두려움, 죄책감 등의 대가를 치르기 마련이다. 그렇게 불안한 정신 상태에서 뭔가를 추구하기란 쉽지 않다. 흔들리지 않는 윤리적 기반이 수행의 기초인 이유는 이 때문이다.

② 성적 금욕

인도인은 삶에서 네 가지 목표 – 까마(육체적 쾌락)*, 아르타(물질적 부)**, 다르마(정의), 그리고 목샤(해탈) – 를 추구한다. 욕망과 감정을 억누르는 것은 자연스럽지 않다고 여기며, 성적 쾌락도 경시하지 않는다. (사랑의 육체적 기술을 상술한 까마수뜨라가 정식 경전이다.) 실존했던 위대한 성자이자 철학자인 샹까라는 (엄연한 학문인) 이 기술을 체득하기 위해, 죽은 왕의 몸속에 들어가 왕비들과 뜨거운 사랑을 나누었다고 전해진다. 하

● 　까마 : 좁게는 성적 쾌락, 넓게는 감각적 즐거움(놀이, 음악, 이야기 등)을 말한다. 육체적 쾌락인 까마를 추구하는 것은 가정을 이룬 시기(가장기)의 목표이다. 나머지 기간에는 까마의 추구가 금지된다.

●● 　아르타 : 물질적 부뿐만 아니라 권력과 명예까지도 아울러 말한다.

지만 정기를 모으기 위해, 수행자에게는 금욕이 권장된다. (물론 금욕하지 않는 부부 수행자도 많다.)

③ 진실함

인도에서는 진실함이 무엇보다 중요하다. '진실은 실로 승리하나니'라는 경구가 인도 정부의 공식 슬로건이 될 정도다. 진실만을 말하는 것은 당연히 중요한 덕목이다. 또한 진실한 말 자체가 주술과 같은 힘을 갖고 있다고 믿기 때문에, 진실의 힘으로 자신의 소원을 비는 것이 예나 지금이나 인도에서는 아주 흔하다. '이러이러한 진실의 힘으로, 내 소원이여 이루어져라!'라고, 마치 진실을 주문처럼 쓰는 것이다. 거짓을 말한 적이 없다는 사실, 언제나 진실만을 말한다는 사실이 주술적인 힘으로 작용한다. 다시 말해, 지금까지 진실만을 말해왔다는 진실의 힘이 앞으로 할 말까지 진실로 만들어준다는 것이다. 전설적인 성자 위야사는 자욱한 안개 때문에 강 위의 어부들을 알아보지 못하고,

"브라만들이여, 안녕하시오?"

라고 그들에게 인사를 건넨 적이 있었다. 신분이 천한 어부

를 최상위 계급인 브라만®이라고 부른 것이다. 그러나 진실을 지켜온 고매한 성자의 말이 거짓일 수는 없어, 그 어부들은 브라만으로 신분이 바뀌었다고 한다. 단순한 말실수마저 사실로 만들어버리는 것이 진실의 힘이다.

또한 진실의 힘은 말을 통해서만 발현되는 것이 아니다. 그 힘은 마치 갑옷과 같아서, 그 무엇으로도 진실한 존재에게 상처를 입힐 수 없다고 한다. 백이나 되는 아들을 죄다 잃고, 성자 와시슈타는 슬픔에 빠져 자살을 결심한다. 메루산 꼭대기에서 몸을 던지지만, 바위는 솜처럼 그를 받아냈다. 숲에 불을 지르고 뛰어들어도, 그의 몸은 타지 않았다. 몸에 돌을 묶고 바다에 빠져도, 파도는 그를 바닷가에 데려다 놓을 뿐이었다. 그 어떤 방법으로도 진실하고 고결한 성자는 죽을 수 없었다. 이런 기적은 성자에게만이 아니라, 진실을 지켜온 사람 누구에게나 일어날 수 있는 일이다, 적어도 인도에서는.

인도 사람들은 진실의 힘이 인간의 본성에서 나온다고 여긴다. 인간 누구에게나 고귀한 신성이 있고, 그 신성은 진실이라는 통로를 통해 흘러나온다는 것이 인도의 믿음이다. 그

● 인도의 신분제(카스트)는 크게 네 층으로 나뉜다. 사제 브라만, 왕족 끄샤뜨리야, 평민 바이샤, 그리고 노예 슈드라이다. 카스트에 속하지 않는 불가촉천민도 존재한다.

믿음 속에서, 진실함은 힘과 행복의 원천이 된다.

진실함은 자신의 말을 현재의 사실 혹은 미래의 결과와 일치시키는 것이다. 따라서 진실함은 언행일치뿐만 아니라, 자기 충족적 예언을 실현하게 만든다. 진실만을 말하고, 자신의 말을 진실로 만들려는 노력 자체가 힘으로 작용하기 때문이다. 주술적 힘 없이도 진실은 실로 강력하다.

"진실함이 확립되면, (말하는) 행위와 (그) 결과가 진실에 근거를 두게 된다. (말과 결과가 일치한다.)"●

또한 진실함은 당당함이라는 광휘를 부여한다. 정직이 최선의 방책이라는 것을 기억하자.

내적 규율(니야마)

스스로 할 규율. (몸, 음식 등의) 청결, 자족, (배고픔, 목마름, 추위, 더위 등을 참는) 고행, 스스로 공부하기, 신에 대한 묵상을 말한다.

● 2.36. satya-pratiṣṭhāyaṃ kriya-phala-āśrayatvam.
(써띠여-쁘러띠슈타염 끄리여-펄러-아슈러여뜨웜.)

① 고행

성스럽다는 강가(갠지스 강)에서 몸에 재를 바르고 온갖 고행을 하는 성자들을 (TV에서나마) 본 적 있을 것이다. 고행을 하면 인간이라도 신을 능가하는 막강한 능력을 얻을 수 있다고 인도에서는 믿는다. 그러다 보니, 팔이나 다리를 드는 기초적인 것부터 사방에 불을 피우고 땡볕을 쬐는 더위 고문까지, 기기묘묘한 갖가지 고행이 발달했다. 뿐만 아니라, 인도 사람들은 자신이 섬기는 신의 날이나 요일에(예를 들어 붓다는 수요일) 정기적으로 단식을 행한다. 단식 중에라도 마나 고구마 따위를 먹을 수 있지만, 정화나 속죄를 위해서는 물만 마시기도 한다.

내적 규율(니야마)에서 말하는 고행은 이런 몸 고문이라기보다는 인내를 말한다. 더위와 추위, 목마름과 배고픔 등을 견디는 것이다. 이러한 인내심은 수행에 필수적일 뿐만 아니라, 몸과 감각기관의 정화에도 도움을 준다. 현악기의 줄처럼, 몸을 너무 조이거나 풀어놓지 말라고 경전은 조언한다. 알맞게 조율된 몸만이 깨달음을 연주할 수 있기 때문이다. 이것이 '중도'의 가르침이다. 붓다는 극심한 몸 고문 고행을 포기하고 나서야 깨달음을 얻었다.

경전은 화살을 두 번 맞지 말라고 충고한다. 몸의 고통이라는 화살은 피할 수 없지만, 걱정·짜증·원망으로 그 고통을 키워 마음의 고통이라는 두 번째 화살을 맞지 말라는 뜻이다. 살다 보면, 그저 삶을 견디어야 하는 때도 있다. 마른하늘에서 쏟아지는 소나기를 어떻게 피할 수 있겠는가. 고행은 삶에서 파란을 만나도 불평하지 않고 묵묵히 견디는 힘이다.

② 신에 대한 묵상

인도에서는 대체로 신을 깨달음을 얻기 위한 수단으로 여긴다. 요가가 유신론을 취하고 있긴 하지만, 요가의 신(이슈와라)은 절대자나 창조주가 아니다. 인도의 신은 초월적 힘을 가진 존재가 아니라, 자연의 섭리를 수호하는 관리자에 불과하기 때문이다.[*] 온 우주를 실질적으로 굴러가게 하는 힘은, '다르마'라고 하는 자연의 법칙이다. 한마디로, 신은 정신을 집중하는 대상일 뿐이다. 신에 대해 묵상하라는 것은, 정신을 집중하라는 뜻이다. 우리는 너무나 많은 생각과 감정 속에 묻

● 칸트는 〈순수이성비판〉에서 신을 '구성적 이념'(세상을 창조하고 주재하는 신)이 아니라 '규제적 이념'(윤리적 행동을 심판하기 위해 상정하는 신)이라고 한 바 있다. 인도에서는 다르마를 구성적 이념으로, 까르마를 규제적 이념으로 볼 수 있다. 해탈의 도구, 진리(실체)의 표상 등으로 여겨지는 인도의 신은 두 이념에 모두 속하지 않는다.

혁 산다. 벼랑 위에서 굴러 떨어지는 돌에 불과한 것을 '내 생각', '내 감정'이라고 착각하면서. 내 의지와는 상관없이, 떨어질 만하니까(원인과 결과가 있으니까) 떨어지는 것일 뿐 돌은 내 것이 아니다. 돌에 집착하다가 산사태에 묻히지 말자. 정신을 집중해서 지금 해야 할 일을 하자.

욕망에서 물러나기

"거울아 거울아, 세상에서 누가 제일 예쁘니?"

자신이 가장 아름답다는 대답을 듣기 위해, 백설공주의 계모는 거울에게 묻는다. 우리는 자기의 인정이 아니라, 거울이라는 타인의 인정을 갈망한다. 자신의 기대가 아니라 타인의 기대를 충족시키기 위해, 끊임없이 타인에게 자신을 투사하며 인정투쟁을 벌이는 것이다. 거울은 또한 물질성을 상징하기도 한다. 우리는 외적 성취를 통해 타인의 인정을 받으려고 한다. 아르타, 즉 부와 명예를 얻으면 세간의 선망은 절로 따라오기 때문이다. 거울에 비치는 모습이 자기라고 착각하지만, 그것은 타인의 욕망에 의해 철저히 왜곡된 상이다. 자신의 눈으로 직접 자기를 보면 될 것을, 굳이 타인의 눈에 비춰

본다. 눈으로 밖을 보기 때문에, 우리는 거울에 갇힌다.

물론 젊음은 스스로를 주장해야 한다. 자신을 증명하고자 하는 욕구는 자아발달을 위해 필수적이기 때문이다. 이 욕구는 내면에서 흘러나오는 힘이다. 외부에서 내면으로 주입되는 인정투쟁과는 반대다. 욕망이라는 통과의례를 거치는 시기를 인도에서는 가장기*라고 한다. 사제 계급에 속한 브라만이라도 가장기에는 재물과 지위를 얻기 위해 적극적으로 노력한다. 그러므로 현실에 좌절하여 내면으로 숨어드는 도피는, 욕망에서 스스로 물러나는 금욕이 될 수 없다. 삶에서 몇 가지를 포기하든, 그것은 진정한 의미의 놓아버림이 아니라 체념이다.

내면의 자유로 나아가기 위해서는, 용광로 같은 외적 현실과 조우하여 욕망의 담금질을 통과해야 한다. 성공과 실패라는 생의 과실을 거두고 나서야, 비로소 세상과 욕망에서 물러

● 인도에서는 생애를 네 시기로 나누고, 시기 별로 종교적 의무를 규정한다. 첫 번째 학생기에는 배움이 의무다. 보통 만 8~12살에 부모를 떠나 스승의 집으로 들어가서는, 12년 이상 엄격한 가르침을 받는다. 두 번째 가장기에는 가족을 부양하고 사회적 의무를 다하는 것이 의무다. 결혼을 하고 자식을 낳아 가문을 이으며, 생계를 꾸리고 보시를 행한다. 세 번째 숲 생활기에는, 감각과 욕망을 제어하는 것이 의무다. 재산을 아들에게 물려주고, 가족을 떠나 (아내와 함께) 숲에서 살아간다. 마지막 출가기에는, 해탈을 위한 수행이 의무다. 홀로 세상을 떠돌며, 탁발로 목숨을 부지하면서 죽음을 기다린다. 이 네 단계 삶의 여정을 '아슈라마'라고 한다.

나 진정한 자유를 추구할 수 있다.

옛날 옛날에 아수라 왕 잘라다라가 신들을 몰아내고는 쉬바에게 도전했다. '라후'라는 아수라를 보내, 쉬바 신의 아내인 빠르와띠 여신을 달라고 한 것이다. 분노한 쉬바 신은 미간에 있는 세 번째 눈으로 굶주린 괴물을 하나 만들어 냈다. 끔찍한 몰골의 깡마른 괴물을 보고 두려움에 질린 라후는, 신의 자비를 애걸하며 쉬바의 품에 뛰어들었다. 탄원자를 보호하는 신의 의무에 충실한 나머지, 쉬바는 괴물에게 그를 살려 주라고 명했다. 그러자 먹이를 놓아준 괴물이 다른 먹을 것을 달라고 쉬바에게 하소연했고, 무심한 신은 "네 몸을 먹으렴" 하고 답하고 말았다. 미친 듯이 배가 고팠던 괴물은 제 몸을 게걸스럽게 먹어치우고, 결국 얼굴만을 남겼다. 쉬바 신은 그를 '끼르띠무카(영광의 얼굴)'라고 이름짓고는, 자신의 사원 문 위에 올려 두며 선언했다.

"너를 숭배하는데 게으른 자는 결코 내 은총을 얻지 못하리라."●

● 　스칸다 뿌라나

갈망에 허기져 제 스스로(에고)를 먹어치운 다음에야 우리는, 신(초월적 지혜)을 향해 나아갈 수 있다.

거둬들이기(쁘라띠야하라)

한밤에 목이 말라 잠에서 깼다. 머리맡에 있는 물을 벌컥벌컥 마시고 다시 잠들었는데, 아침에 깨어보니 물은 어디에도 없었다. 다 마셔버린 것이 아니다. 손을 뻗었던 자리에는 물컵조차 없었다. 간밤에 내가 마신 것은 대체 뭐지? 내 갈증이 만들어낸 신기루를 마시고도 목마름이 가셨단 말인가? 꿈에서 깨어나는 꿈을 꾸고 나니, 감각기관(눈, 코, 입, 혀, 피부)에 대한 신뢰가 무너졌다. 목마르고 배고픈 것이 '진짜'라고, 또한 갈증이나 허기가 가셨다고 어떻게 믿을 수 있겠는가. 실제로 우리는 배가 고프지 않은 데도 허기를 느낄 뿐만 아니라, 때로 존재하지 않는 것을 보고(환시) 듣기도(환청) 한다. 보고, 듣고, 맛보고, 냄새 맡고, 감촉을 느끼는 오감의 신기루 속에 있는 것이다. 날마다 뭔가를 감지하지만, 그 감각이 진짜인지 알 수 없을 뿐더러, 그 감각을 일으키는 외부 대상이 진짜 존재하는 지도 알 수 없다. 목마름도, 물컵 속의 물도 죄다 가짜

였던 것처럼.

누릴 수 있는 쾌락을 포기하는 것이 아니라, 쾌락 자체가 신기루라는 것을 아는 것이 욕망에서 자유로워지는 첫 걸음이다. 감각기관에서 전달하는 느낌을 근거로, 우리는 이게 좋다, 싫다 판단을 내린다. 그리고 좋은 느낌을 계속 경험하기 위해, 싫은 느낌을 빨리 피하기 위해, 스스로를 제약한다. (보드카를 안정적으로 조달하기 위해, 나는 이사할 때마다 와인숍 위치를 고려하곤 했다.) 참기보다는 직시하자. 처음에는 대상에 대한 질문을(꼭 치즈케이크를 먹어야 돼? 다른 것은 안 돼?), 나중에는 욕망 자체에 대한 질문을 해보자. (지금 정말 배고픈 게 맞아?) 감각이라는 감옥에서 벗어나는 길은 느낌을 거둬들이는 것뿐이다. 시작은 어렵지 않다. '너무 좋아!'와 '너무 싫어!'에서 '너무'만 빼면 된다.

거둬들이기(쁘라띠야하라)는 눈·코·입·귀·혀를 자극으로부터 떼어내어 거둬들이는 것이다. 배가 부를 때 음식의 맛과 향에 둔해지는 것처럼, 오감을 끌어당기는 온갖 자극에 신경을 덜 쓰는 것을 말한다. 배가 고플 때 음식 내음에 끌리는 것은 당연하지만, 욕구가 일어나지 않을 때에도 우리는 쉴 새 없이 자극에 휩쓸린다. 무료를 견디지 못하는 마음이 열심히

자극거리를 쫓기 때문이다. 거둬들이기는 강남대로에서 두리
번거리지 않고 걷는 것이라고 할 수 있다. 이것저것 구경하고
이리저리 기웃거리지 말고 앞만 보고 다니자. 감각이라는 추
파를 사방에 던지지 말고 잘 단속해서.

꾼달리니(차크라)요가

사하스라라 차크라
아르나 차크라
비슛다 차크라
아나하타 차크라
마니푸라 차크라
스와디스타나 차크라
물라다라 차크라

요가에서는 척추(수슘나)를
중심으로 왼쪽을 흐르는 이다
(ida)와 오른쪽을 흐르는 핑갈라
(pingala), 이렇게 세 에너지 통
로(Nādī)가 있다고 말한다. '바
퀴(원반)'를 뜻하는 차크라(cakra)
는 중앙의 통로(수슘나)를 따라
위치한 에너지 센터다. 연꽃으로 상징되는 여러 차크라 가운
데, 보통 7개가 중시된다. 꾼달리니(kuṇḍalinī)는 '똬리를 튼
(뱀)'이라는 의미로, 뱀으로 형상화된 생명(성) 에너지(śakti :
샥띠 여신)를 뜻한다. 몸을 세 바퀴 반 감은 채로, 회음 부근
에 있는 뿌리(mūlādhāra) 차크라에 잠들어 있다. 꾼달리니가

깨어나 수슘나를 타고 차크라를 순차적으로 열면서 정수리 (sahasrāra) 차크라에 이르면, 해탈을 얻을 수 있다고 한다. 이 수행법은 정통 요가가 아니라 밀교(tantra)에 속한 것으로, 11세기부터 발전했다.

꾼달리니(탄트라)에 내가 관심을 두지 않은 이유는, 정신적 성숙 없이 꾼달리니를 깨우면 화를 초래하기 때문이다. 탐욕, 분노, 어리석음에 물든 본성이 정화되지 않은 채 꾼달리니만 각성하면, 그야말로 주화입마를 당한다. 이를 막기 위해, 그란티라는 방어벽이 세 겹으로 있기는 하다. 브라흐마 그란티는 뿌리 차크라를 막고 있는 벽인데, 게으름을 극복하고 몸이 나라는 생각을 버려야 열린다. 가슴 차크라에 있는 비슈누 그란티는 욕망을 극복하고 잘못한 이를 용서해야 열린다. 미간 차크라에 있는 루드라 그란티는 지성과 에고에 대한 집착을 버려야 열린다. 문제는 약물이나 격렬한 감정 등 인위적 수단으로 꾼달리니를 각성시킬 수 있다는 점이다. 성숙한 인격적 바탕 없이 꾼달리니가 깨어나면, 오히려 에고를 강화시킨다. 해탈과 더 멀어진다는 뜻이다. 열린 차크라를 감당하지 못해 스스로 닫는 일도 생긴다. 반대로 별다른 수행을 하지 않아도, 각 그란티의 요구를 만족시키면 차크라는 저절로 열린다. 꾼달리니를 따로 각성시킬 필요가 없다. 그럼에도 불구하고 차크라를 설명하는 이유는, 차크라가 불균형할 때 일어나는 신체적 증상 때문이다.

꾼달리니가 잠든 상태에서도 에너지는 각 차크라에 흘러든다. 삶의 방식이나 성격, 추구에 따라 활성화된 차크라가 달라, 차크라 간의 불균형이 생긴다. 수슘나 상에서 '기가 막히는' 증상도 일어난다. 또한 특정 차크라의 에너지를 과도하게 써서 고갈되거나, 트라우마 때문에 차크라가 거의 닫히기도 한다.

각 차크라의 균형을 잡을 만큼만 꾼달리니요가를 이해하자. 수행 중 일어나는 신체적 증상을 해결할 실마리만 잡고 있으면 되니까. 증상이 일어나면 그때 필요한 아사나를 찾아봐도 늦지 않다. 수행은 무술이나 기공 수련이 아니기 때문에 비기가 없다. 온전한 인간으로서의 성장이 곧 수행이다.

차크라를 수행한 적도, 꾼달리니를 깨운 적도 나는 없다. 신체 증상으로 직접 경험한 세 차크라만 기술한다.

1) 태양신경총(마니뿌라) 차크라

지나치게 몰입해서 어지러울 때까지 일을 밀어붙이는 습관 때문에, 늘 기운과 식욕이 없었다. 타고난 허약 체질인데도 지적 욕구를 충족하기 위해 에너지를 과도하게 쓴 탓으로, 빈혈과 소화불량은 물론 오후에 혈당과 혈압이 급격히 떨어지는 증상을 오랫동안 겪었다. 40대에 들어서자마자 에너지 고갈로, 아침에 몸을 일으킬 수 없는 지경에 이르렀다. 먹고 마실 힘조차 없었다. 이렇게 육체적으로 소진된 나를 일으켜 세운 것은, 태양신경총 차크라를 강화하는 회전하기 명상이다. 지치도록 일을 하지 않는 것이 우선이긴 하다.

〈비튼 삼각자세(Parivṛtta Tikona āsana)〉

1. 어깨 너비의 두 배 너비로 양 다리를 좌우로 벌린 채 똑바로 선다. 발끝은 정면을 향한다.
2. 오른발은 몸 바깥쪽(오른쪽)을 향해 직각으로, 왼발은

오른쪽으로 살짝만 돌린다.

3. 양 옆으로 양팔을 어깨높이 만큼 들어 올린 뒤, 상체를 오른쪽으로 돌린다.

4. 윗몸을 굽혀 왼 손등을 오른발 바깥쪽 복숭아뼈에 댄다. 오른팔도 굽히지 않고 위로 들어올린다. 머리를 돌려 오른손 끝을 바라본다. 양팔과 다리를 굽히지 않도록 주의한다.

5. 코로 숨을 들이쉬고 입으로 내쉬며, 가능하면 1분 이상 안정적인 자세를 유지한다.

6. 같은 방법으로 반대편도 행한다.

2) 가슴(아나하따) 차크라

트라우마에서 비롯된 수치심 때문에, 내겐 거의 막혀 있었던 차크라다. 사십 년 가까이 감정을 억압해왔기 때문에, 자기 감정조차 알지 못했다. 감정이 불편한 나머지, 주지화° 성향이 심한 편이었다. 처리되지 않은 감정이 두통 따위의 신체 증상으로 드러나기도 한다.

그림자를 동화하기 전, 내 머릿속에서는 날마다 법정이 열렸다. 용서할 수 있다와 없다로 갈려, 일 년 가까이 논쟁이 벌어졌다. 쉼 없이 머리를 울리는 양측의 고함 소리를 견디고 나니, 둑이 무너진 듯 눈물이 났다. 그리고 가슴에 통증이 느껴졌다. 이후로 이성적 반응보다 감정적 반응이 앞서기 시작했다. 신파 드라마를 보면서, 심장이 정말 찔린 듯이 아플 수도 있다는 것을 처음 알았다. 이제 나는 (관점을 가진 채) 세상을 보지 않고 (가슴으로) 느낀다, 다른 사람들처럼. 또한 옳기 때문 (도덕적 의무)이 아니라, 내 가슴이 아프기 때문에 선을 행한다. 일회용품을 쓰지 않고 텀블러를 쓰는 등, 아주 사소하지만 바른 일을. 경험의 주체가 에고에서 마음으로 점차 바뀌고 있다.

〈활 자세(Dhanura āsana)〉

1. 바닥에 배를 대고 거꾸로 눕는다.
2. 양 다리를 위로 들어올려, 왼손으로 왼 발목을 오른손으로 오른 발목을 잡는다.
3. 숨을 들이쉬면서 사지를 최대한 높이 들어올린다.

● 주지화(intellectualization)는 감정과 욕구를 억누르고, 이성적이고 지적인 분석을 통해 문제에 대처하는 방어기제를 뜻한다.

4. 머리를 젖혀 시선을 천장에 두고 가능하면 오래 자세를 유지한다. 몇 번 반복한다.

3) 인후(위슛다) 차크라

조급하고 짜증 섞인 목소리는 가슴 차크라가 균형을 잡기 직전부터 미묘하게 변하기 시작했다. 나보다 도반이 먼저 변화를 알아차렸다. 내가 목소리 변화를 자각한 것은, 가슴 차크라가 수도꼭지처럼 눈물을 짜내기 시작한 뒤다. 배음이 풍성해지고 깊어지면서 목소리에 배인 갈급함이 사라졌다. 목에는 아무 짓도 하지 않았다. 가슴 차크라가 길목을 조금 트면서, 상위 차크라에도 에너지를 흘려보내기 때문인 것 같다. 또한 위슛다 차크라에 에너지가 흐르면서, 듣고 공감하는 능력이 한결 나아졌다. 예전에는 집중하기 어려웠던 오디오북으로 독서의 중심이 옮겨가고, 고요를 사랑하게 되기도 했다.

〈쟁기 자세(Hala āsana)〉

1. 똑바로 누워, 손바닥이 아래를 향하도록 양팔을 몸통 옆에 놓는다. 양발은 붙인다.
2. 양팔로 몸을 지탱하고, 양 다리를 붙인 채 천천히 들어

올린다. 이때 허리의 굴곡을 펴서 허리 전체를 바닥에 붙이고, 다리를 구부리지 않아야 한다. 직각으로 다리를 들어 올린 뒤에, 상체를 세워 다리를 머리 뒤로 넘긴다. 다리를 들 때 허리에 통증이 느껴지면, 다리를 굽힌 채로 올려서 가슴 위에서 펴서 뒤로 넘긴다.

3. 양 다리를 붙여 곧게 편 상태로 발끝을 바닥에 댄다. 이 자세를 1분 이상 유지한다.

4. 천천히 다리를 들어 원래 자세로 돌아간다. 허리에 통증이 있으면, 다리를 굽혀서 내린다.

5. 고개를 천천히 좌우로 돌려 목의 긴장을 풀어준다.

제 12장
명상의 두 가지 갈래

명상은 크게 두 가지 기법으로 나뉜다. 사마타(Samatha)와 위빠사나(Vipassanā)다. 일반적으로 사마타는 마음을 집중하는 방법이고, 위빠사나는 관찰하는 방법이다. 힌두뿐만 아니라 여러 신비주의 전통에서 보이는 수행법이 사마타다. 위빠사나는 불교만의 수행법이다. 잡념이라는 곁가지를 쳐나가는 것이 사마타라면, 거기에 달린 나뭇잎까지 세심하게 살피는 것이 위빠사나다. 사마타는 오로지 대상에만 집중한다. (관념적인 대상 하나만을 취한다.) 위빠사나는 주변 상황을 관찰한다. (실재하는 대상 여럿이 일어나고 사라지는 것을 관조한다.) 사마타는 아예 다른 세계로 차원 이동을 하는 것이고, 위빠사나는 현실 세계에 숨어 있는 다른 차원을 보는 것이다. 명상에서 깨어나면 우리는 현실로 돌아와야 한다. 딴 세상으로 가는 것(사마타)

보다는 증강현실(위빠사나)이, 이 세상에서 살아가는 우리에게
진정한 지혜를 준다.

사마디로 오르는 계단

요가수뜨라에서는 단순한 집중 상태인 다라나와 디야나
(선)·사마디(삼매)를 구별한다.

"다라나는 마음을 한 곳에 묶는 것이다."•

코나 배꼽 등 신체의 부위나 신상·만뜨라 등 몸 밖의 대상
하나에 흔들리지 않도록 마음을 고정하는 것을 다라나라고
한다. 앞서 숨이 드나드는 코나 배를 관찰한 것이 다라나다.
좁은 범위에 주의를 모아 집중력을 얻는다.

"디야나는 그곳(명상대상)에 의식이 하나로 집중된 것이다."••

'선(禪)' 또는 '선정'이라고 번역되는 디야나는 명상 수행의
핵심이다. 다라나가 그저 한 곳에 집중한 상태라면, 디야나는
이 집중력이 균일하게 지속되는 상태다.

●   3-1. Deśa-bandhaś cittasya dhāraṇā. (데서 - 번더슈 찟떠스여 다라나.)

●●   3-2. Tatra pratyaya-ekatānata dhyānam. (떠뜨러 쁘러띠여여 에꺼따너떠 디야넘.)

"그 (명상)대상만이 빛나고 (의식의) 제 모습이 사라졌을 때를 바로 사마디라고 한다."•

의식을 집중한 대상만이 선명하고, 대상을 인식하는 의식 자체는 없어져버리면 사마디 상태다. 바라보는 주체가 사라지고, 객체만 남은 경지를 말한다.

감정과 생각은 큰 물처럼 우리의 의식을 휩쓸어간다. 이처럼 홍수가 났을 때 물에 떠내려가지 않도록 나무를 붙잡고 있는 힘이 다라나다. 다라나는 한 가지 대상(나무)을 꼭 잡아, 격렬한 감정과 생각에 휘말리지 않도록 해준다. 이 힘이 약하면, 아무리 안간힘을 써도 대상을 놓칠 수밖에 없다. 평소에 근력(집중력)을 키워 두어야 한다. 다라나의 힘이 강해지면 안정적으로 나무를 잡고 있을 수 있게 된다. 이 상태가 디야나다. 이제 나무 위에 오를 수 있다. 나무에 올라 거친 물살로부터 일시적으로나마 자유로워진 상태가 바로 사마디••다.

● 3-3. Tad-eva-artha-matra-nirbhasam sva-rupa-sunyam-iva samadhiḥ.
(땃 에워 어르터 머뜨러 니르버섬 스워-루뻐-순염-이워 써머디히.)

●● 보통 사마디라고 하면 사마타 사마디를 말한다. 하나의 대상에 깊이 집중할 때 얻어지는 선정 상태인데, 강하고 약간 긴장되어 있다. 하지만 위빠사나에도 사마디가 존재한다. "지속적인 알아차림과 함께" 지혜(바른 견해, 바른 마음가짐, 바른 생각)가 있을 때, "무엇

사마타
;고요 명상

명상에도 준비운동이 필요하다. 자리에 앉아 숨을 가라앉히고 숫자를 세는 것은, 명상에 쉽게 들어가기 위한 사전 절차다. 명상으로 이끄는 루틴인 셈이다. 코나 배의 호흡을 관찰하는 것은 다라나에 해당된다. 집중력을 모으는 것이다. 집중이 안정적으로 유지되면 디야나 상태다. 호흡이 미세해지기 때문에, 다라나 상태와는 확연히 구분된다.

호흡은 다음과 같이 관찰한다.● ① 들숨과 날숨의 길고 짧음.(시간) ② 들숨과 날숨의 처음, 중간, 끝 ③ 들숨과 날숨의 거침 또는 미세함. 명상이 깊어질수록 호흡은 미세해진다. 숨이 거의 느껴지지 않을 정도에 이르고, 때로는 멈추기도 한다. 숨을 따라 의식이 움직이면 안 되고, 숨이 처음(혹은 강하게)

을 원하지도 밀어내지도 않는 안정된 마음상태"를 '위빠사나 사마디' 또는 '바른 사마디(samma samadhi)'라고 한다. 매 순간의 알아차림이 선명할 만큼 "마음이 안정되어 있기만 하면" 위빠사나 사마디로 본다.
아신 떼자니아, 《알아차림만으로는 충분하지가 않습니다》, pp. 157, 179 참조.

● 청정도론 제8장의 설명에 따른다. 엄밀히 말하면, 이 명상법에는 사마타와 위빠사나가 뒤섞여 있다.

닿는 부위나 배의 정점(단전)에 고정되어 있어야 한다.

　이렇게 전념하다 보면, 곧 왼 눈과 오른 눈 사이에 표상 (nimitta)이 나타난다. 양 눈 사이라고 하는 이유는, 앞서 말한 환영의 스크린이 펼쳐지는 미간 조금 밑에 표상이 뜨기 때문이다. 표상과 환영을 분명히 구별해야, 환영을 보며 표상이라고 착각하지 않을 수 있다. 표상의 양상은 개인마다 다르다.

> "표상은 어떤 자에게는 별빛처럼 혹은 마나주나 진주처럼 나타나고, 어떤 자에게는 촉감 까칠한 목화씨나 거친 심재로 만든 못처럼 나타난다. 또한 어떤 자에게는 긴 허리끈처럼, 혹은 화환이나 연기 한모금처럼 나타난다. 또 어떤 자에게는 펼쳐진 거미줄처럼 혹은 구름의 장막, 연꽃, 수레바퀴처럼 나타나기도 하고, 월륜처럼 일륜처럼 나타나기도 한다."●

　내가 본 표상은 찬란한 형광 고리(도넛 모양)인데, 색이 바뀌기도 한다. 이렇게 표상이 나타나면 근접 삼매에 든 것이다. 여기에 첫 번째 덫이 기다린다. 표상이 아름다운 나머지, 그

●　청정도록 제8장 215.

것에 빠져들기 때문이다. 표상은 표지판에 지나지 않는다. 처음에야 당연히 표상에 홀리겠지만 ― 표상의 색이나 특징을 상세히 관찰해서는 안 된다. 그저 하늘에 뜬 구름처럼 무심히 지나쳐야 사마디(본 삼매)에 들 수 있다.

사마디에 들면 희열(pīti)이 밀려든다.[*] 사마타 명상의 특징이 바로 이 희열이다. 사마디는 시간이 멈춘 듯한 무아지경인데, 내가 없어지는 것만으로는 충분치 않고 황홀경이 일어나야 한다. 정신적 희열이 앞서고, 몸의 안락이 뒤따르는 황홀경이다. 이 황홀경 속에서는 몸이 사라진 것처럼 느껴진다. 의식이 인지하는 부분만 존재하고, 몸의 다른 부분은 없어진 것 같은 느낌이다. 여기에 두 번째 덫이 있다. 희열이 주는 심신의 즐거움 때문에, 그 상태에 계속 머물고 싶어지기 때문이다. 자신이 깨달음을 얻었다고 착각하기도 쉽다. 하지만 희열이 따르는 사마디는 앞 단계(초선과 제2선)에 불과하다. 희열을 떨치고 위빠사나로 나아가야 진정한 깨달음에 도달할

● 《청정도록》에 따르면, 근접 삼매에서도 희열이 나타날 수 있다고 한다.
희열에는 다섯 가지 종류가 있다. ① 몸 털을 곤두서게 하는 작은 희열 ② 번개 치듯 순간적으로 일어나는 희열 ③ 해변을 적시는 파도처럼, 밀려왔다가 사라지며 반복되는 희열 ④ 몸을 튀어 오르게 할 만큼 강한 희열 ⑤ 온몸에 두루 퍼지는 충만한 희열

수 있다.

위빠사나
; 통찰 명상

자신의 몸과 마음을 계속 지켜보는 것을 알아차림(sati)이
라고 한다. 생각이나 감정에 휩쓸려서 자신을 잊어버리지 않
고, 깨어서 알아차리는 힘이다. 알아차림의 힘을 키우는 수행
이 바로 위빠사나다. 몸과 마음의 무엇을 알아차리라는 말일
까? 앉고, 서고, 눕고, 걷는 자세와 들숨·날숨 등을 관찰하는
것이 몸의 알아차림이다. 좋고(즐겁고) 싫고(괴롭고) 그저 그런
(이도저도 아닌) 느낌을 관찰하는 것, 그리고 화나고 탐나고 의
심스럽고 혼란스러운 마음 따위를 관찰하는 것이 마음의 알
아차림이다.*

명상 중에 기쁨이나 희열이 일어나면, 그 기쁨이나 희열을
즐기지 말고 그것을 대상으로 삼아 관찰한다. 기쁨과 희열도
대상(마음에 의해 알아지는 것)이라고 여기며, 그것이 일어나고 사

● 대념처경(Mahāsatipaṭṭhāna Sutta)의 몸·느낌·마음·법, 네 가지 대상을 크게 몸과 마
음으로 분류했다. (법념처는 생략)

라지는 것을 지켜보는 것이다. 오랫동안 숨이 닿는 비강에 집중하여 사마디에 들어가곤 했던 나는, 관찰 대상을 코에서 배로 바꾼 뒤에야 위빠사나를 수행할 수 있었다. (희열에 대한 무의식적 집착은 꽤 끈질기다.)

알아차림을 확립하는 위빠사나는 명상에서뿐만 아니라 일상에서도 훈련해야 한다. 평소에 경험할 수 있는 정신적 고양 상태에는 두 가지가 있다. 심리학자 칙센트미하이(Mihaly Csikszentmihalyi)가 말하는 몰입 상태와, 주의력이 성성하게 깨어있는 상태다. 하지만 몰입 상태의 무아지경은 알아차림이 확립된 상태가 아니다. 알아차림은 평소에는 물론 몰입 가운데에서도 나를 지켜보는 주의력(관찰자 의식)을 놓치지 않는 것이다. 단순한 몰입보다 훨씬 어렵다. 사마타 수행 덕분인지, 나는 일상에서도 어렵지 않게 몰입 상태를 유지할 수 있다. 몰입 중에는 늘 알아차림을 놓쳤기 때문에, 내 위빠사나 수행은 시작부터 장애를 만날 수밖에 없었다. 할 수 없이 나는 호흡법을 바꿨다. 좌선과 마찬가지로, 배를 관찰하면서 알아차림을 챙기기 시작했다. (얕은 흉식호흡을 복식호흡으로 바꾸려면 알아차림이 필수다.) 그러자 자세와 호흡 관찰은 물론, 스쳐가는 생각에 '회상', '후회' 따위의 이름을 붙일 수도 있게 되었다. 미세한 느낌이나 알아차림 자체를 알아차리지는 못하지만. 알아차림이 짧아도 나와 생각이 분리되는 것은 확연하게 느낄 수 있다. 이렇게 위빠사나는 '현상'으로서의 '나'를 경험하는 것이다.

위빠사나에 대한 이해와 경험이 짧은 나로서는, 알아차림을 설한 가르침을 그저 전하는 것에 만족한다. 이제부터는 수행처에서 전문적인 지도를 받는 것을 고려해봐야 한다.

"아침에 잠에서 깨어나면서부터 밤에 잠드는 순간까지, 어떤 자세로 있든지 간에 자기 자신을 지속적으로 알아야 합니다."●

"문을 닫을 때, 이를 닦을 때, 옷을 입을 때, 샤워를 할 때, 화장실에서도 알아차리고 있습니까? 이런 행동들을 할 때 어떻게 느낍니까? 좋아하거나 싫어하는 것을 아십니까? 무엇을 볼 때, 알아차리고 있습니까? 무엇을 들을 때, 알아차리고 있습니까? 보고 듣고 냄새 맡고 맛보고 접촉하고 생각하거나 느낀 것에 대해 자신이 판단하고 있음을 알아차리고 있습니까? 말할 때 알아차리고 있습니까? 자신의 어조나 목소리가 큰 것을 알아차리고 있습

● 아신 떼자니아, 《번뇌를 가볍게 여기지 마십시오》, p. 59.

니까?"●

위빠사나는 에고라는 강을 지켜보는 것과 같다. 감정과 생각이 일으키는 홍수를 피할 수 있도록 늘 물 흐름을 지켜보고 있어야 한다. 흐름뿐만 아니라 물이 맑은지 탁한지, 물속에 어떤 물고기가 있는지, 수초가 얼마나 자라는지도 들여다보아야 한다. 수원을 찾아 물길을 막으면 되지 않느냐고? 강을 흐르는 물은, 업(까르마)이라고 하는 수원에서 나온다. 간단히 말해, 업은 뇌의 자동실행 모드다. 아무 생각 없이도 습관적으로 취하는 행동양식. 몸이든 입이든 마음이든, 우리는 자신의 패턴대로 움직인다. 하던 대로 행동하고, 살아온 대로 살아간다. 업이라는 수원에서 솟아나와 절로 강을 이루는 물길을 말려버리려면, 위치도 근원도 알 수 없는 수원을 찾아 막는 것보다는 흘러나온 물이 강을 이루지 못하도록 수량을 줄이는 것이 현명하다.

의식적인 노력(알아차림) 없이는, 자동주행 모드로 움직이는 자동차(삶)를 세우지 못한다. 핸들이자 브레이크인 알아차

● 앞의 책, p. 41.

림이 강해야, 업대로 운명(성격)대로 굴러가는 삶을 제어할 수 있다. 에고가 '나'가 아니라는 것을 알 때, 비로소 우리는 삶이라는 꿈에서 깨어난다. 물론 깨어남과 깨달음 사이에는 짧지 않은 길이 놓여있지만.

사마타냐 위빠사나냐

사마타는 일상적이지 않은 특별한 체험이다. 몰입에서 빠져나오지 못한 뉴턴은 달걀을 삶으려다가 회중시계를 삶았다. 위빠사나는 일상의 주의 깊음이다. 깨어서 자신을 지켜보는 힘이다. 늘 생각 속에 허우적거리면서 살아온 내겐, 단 하나의 생각(대상)만 남기는 사마타가 쉼터나 마찬가지였다. 몸과 마음을 모두 편안하게 해주는 사마타가 만족스러운 나머지, 위빠사나에 관심을 두지 않았다. 그 때문에 내 일상을 채운 것은 무관심과 부주의였다. 생각에 열중하여, 여기저기에 부딪치고 뭔가를 떨어뜨리고 다른 일은 잊어버렸다. 몸에 늘어나는 멍을 세어보며 문제를 직시한 나는 뒤늦게 알아차림을 시작했다. 처음에는 창피해서 숨고 싶었다. 다른 사람이 내 생각을 알지 못하는 게 얼마나 다행인지. 처음엔 별의별

유치하고 비열하고 졸렬하고 야한 생각이 쉼 없이 마음을 스쳐갔다. 그러다가 차츰 알아차림이 확립될수록 그런 생각에서 관찰자가 분리됐다. 삶을 조감하는 진정한 통찰은 위빠사나에서 나온다.

위빠사나를 가르치는 수행처에서도, 때로 사마타를 먼저 수행하라고 권유한다. 사람마다 성격과 습관이 다르기 때문이다. 집중력이 좋은 이에게는 사마타가, 주의가 깊은 이에게는 위빠사나가 쉬운 입문일 수 있다. 주의가 산만한 현대인은 마음을 지켜볼 만큼 안정되어 있지 않기 때문에, 사마타 수행을 시작한 뒤 위빠사나로 바꾸는 것이 좋을 것 같다. (물론 위빠사나만 수행해도 된다.) 중독이나 우울, 트라우마 등 정신적 문제가 있을 때도, 우선 사마타를 권하고 싶다. 사마타 수행의 정점인 사마디는 일시적이지만 번뇌*를 통제한다. 격렬한 감정에 휩싸여 관찰을 계속할 수 없을 때에도, 사마디는 빠르게 마음을 안정시켜 피난처 역할을 톡톡히 한다. 그러나 앞서 말했다시피, 사마타 수행에는 덫이 있다. 사마디 상태의 희열과 편안함에 안주하게 될 위험이다. 조금 덜 산만해지면, 일상생

● 탐욕, 분노, 어리석음에 물든 생각

활에서 알아차림을 시작하라. 수행의 궁극적 목표가 위빠사나를 통한 지혜라는 것을 잊으면 안 된다.

〈업, 전생, 운명 따위로 불리는 핑계〉

인도에는 수천 년 역사의 점성학이 있는데, 바로 베다의 부속 학문으로 대접받는 죠띠샤(Jyotiṣa)다. 석사 과정에 죠띠샤가 빠지는 바람에, 제대로 배울 기회는 없었지만 – 맏아들의 오른 눈 실명을 예견한 점성술을 지도교수님이 굳게 믿으신 덕에, 덩달아 나까지 죠띠샤에 관심을 가지게 되었다. (점성학적 지식 없이는 싼스끄리뜨 문학을 번역할 수 없기 때문에, 어찌 됐든 죠띠샤를 알아야 했다.)

우주의 운행과 개인의 운명은 아무 관련 없다고 생각하면서도, 나는 갖가지 운명학에 관심을 두었다. 왜 매번 같은 일에 걸려 넘어지는지 알고 싶었기 때문이다. (삶은 같은 문제로 다른 답을 요구할 때가 있다. 혹은 제대로 답을 하지 못한 문제를 계속 내거나.) 죠띠샤뿐만 아니라, 20대부터 공부한 명리학과 중국 점성술인 자미두수, 나중에는 주역과 수비학까지 – 수박 겉핥기나마 다양한 운명학을 훑었지만, "이름이 하늘 책에 적혀 있음"●을 확인하지는 못했다. 다만 뜻밖의 사실을 발견했다. 운명이라고 불리는 것이 실은 성격이며, 그 성격을 뒷받침하는 무의식적 믿음이 있다는 것을. 타고난 기질(업)을 다양한 성격(운명)으로 발현시키는 것은, 갖가지 경험 중에서도 믿음으로 굳어져서 무의식 깊이 가라앉은 것이라는 사실을. 탈무드에는 이런 격언이 있다.

> 너의 생각을 주목하라. 그게 곧 네 말이 된다.
> 너의 말을 주의하라. 그게 바로 네 행동이 된다.
> 너의 행동을 조심하라. 그게 곧 네 습관이 된다.
> 너의 습관(패턴)을 의식하라. 그게 바로 네 성격이다.
> 너의 성격을 주목하라. 그게 곧 네 운명이 된다.

삶에 핑계가 필요하기 때문에, 우리는 업이니 운명이니 하는 것을 들먹이는 지도 모른다.

"지인의 아들이 회식 끝나고 집에 오다가 퍽치기로 목숨을

● 루가 (10 : 20)

잃었습니다. 전생에 무슨 업이 있어서 그런 끔찍한 일을 당하는 걸까요?"

수행지도 시간에 이런 질문이 나왔다. 붓다락키따 스님은 냉정을 지키셨다.

"업이니 전생이니 따지지 마십시오. 제 정신 차리고 있었다면, 왜 그런 일을 당했겠습니까? 알아차림으로 자신을 지키지 못한 탓입니다."

"하지만 직장인인데 회식을 안 갈 수도, 가서 술을 안 마실 수도 없지 않습니까?"

"환경이 그렇다고 다 같은 결과를 초래하지는 않습니다. 그런 상황에 내몰릴 때까지 알아차리지 못했는데, 무슨 핑계를 대겠습니까. 지금 이 순간 깨어 있으십시오."

매순간 제정신으로 살기란 무척 어렵다. 하지만 미처 알아차리지 못한 사이 치달아버린 인생에 핑계를 대지는 말자.

제13장

삶의 세 가지 길(바가와드 기따*)

수행의 목적은 삶의 고통에서 벗어나는 것이다. 어떻게 고통으로부터 벗어날 수 있을까? 지혜를 얻을수록 고통은 덜해진다. 고통이 완전히 사라진 상태가 깨달음이다. 지혜가 대체 뭔데? 피부를 경계로 안쪽만 '나'라는 믿음을 허무는 것이다. 나와 우리와 모두는 사실 하나다. 에고의 장벽을 무너뜨리는 앎 전부가 지혜다. 그렇다면 어떻게 해야 지혜를 얻을 수 있을까? 인도의 전통은 세 가지 길 - 지혜, 의무, 그리고 사랑-을 제시한다. 개인 성향에 따라 적합한 길이 있다. 중간에 노선을 변경해도 된다. 어차피 도착지가 같으니까. 세 가지 길의 목적은 같다. 생각을 멈추고 에고를 넘어서는 것이다. '나'

● 인도의 대서사시 〈마하바라따〉 제6권의 일부를 이루는 경전. 비슈누의 화신 끄르슈나가 전쟁을 앞두고 왕자 아르주나를 훈계하는 내용으로, 힌두교의 주요 경전이다.

라는 의식을 분비하는 마음 작용을 멈추는 것, 그것이 바로 요가이기도 하다.

마음의 확장

앞서 우리는 자기(Self = 아뜨만)에 이르는 세 단계 가운데 첫 번째만을 살펴보았다. 에고를 단단하게 쌓아올리는 과정이다. 이제 공들여 축조한 에고를 부수고 넓히는 두 번째 단계에 대해 말할 기회가 왔다. (세 번째 단계인 에고의 해체를 논하는 것은 스승들의 몫이다.) 에고를 부수고 넓히기 때문에, 이 단계는 '마음의 확장'이 아니라 '에고의 확장'처럼 느껴지기도 한다. 하지만 경험의 주체가 다르다. 이제 주인공은 에고가 아니라, 가슴이 된다. 여기서 가슴은 야생마 같은 감정을 말하는 것이 아니다. 연민, 자비, 사랑으로 표현되는 에너지 자체를 말한다. 이제 존재의 방식은, 나를 주장하는 것에서 세상을 느끼는 것으로 바뀐다.

공동체와 노동, 가족뿐만 아니라 자기 자신으로부터도 소외되는 현대 사회에서는, 내가 누구인지(무엇인지) 아는 것(1단계 : 에고의 독립)조차 쉽지 않다. 그런데 기껏 힘들여 빚은 에고를 무너뜨리라니? '나다움'을 포기하는 것이 피부를 벗겨내는 것처럼 고통스러울 수도 있는데? 무너뜨려 버릴 것을 공들여 쌓는 이유는, '나'의 범위를 확인할 필요가 있기 때문이다. 사람마다 '나의'라는 소유격을 붙이는 대상은 제각각이다. 나의 몸, 나의 견해, 나의 가족, 나의 소유……. 어디까지를 나라고 느끼는지 확인하고 경계를 그어야 한다. 경계가 없는데 경계를 넓힐 수는 없으니까. 그럼 그냥 두지, 뭐 하러 부수고 넓히느냐고? 그렇지 않으면 '나다움(에고)'의 굳건한 성 안에 갇히기 때문이다. 나다움은 나를 지켜주지만, 나를 가두는 것이기도 하다. 내 몸이 나라고 믿는 사람은, 육체가 젊음을 잃고 늙어갈 때 고통을 느낀다. 내 생각이 나라고 믿는 사람은 그 견해가 반박 당할 때, 내 소유물이 나라고 믿는 사람은 가진 것을 잃었을 때 고통스러워 한다. 내 몸, 내 견해, 내 재산……. 소유격이 붙은 것을 나라고 여기는 믿음을 모조리 부숴야 한다. 변할 수밖에 없는 것을 나라고 여기면, 당연히 고통을 겪을 수밖에 없기 때문이다.

소유한 것을 나와 분리하는 것은 상대적으로 쉬운 편이다. 자신이 이룬 성취를 나와 분리하는 것이 정말 어렵다. 좋은 학교나 직장을 다니는 사람은 자신이 똑똑하기 때문에 그런 결과를 얻었다고 생각한다. 높은 지위에 올랐거나 자자한 명성을 얻은 사람도 자신이 노력했기 때문에 그런 성과를 얻었다고 여긴다. 상관 관계를 인과 관계로 착각하는 것이다. 똑똑하다고 혹은 노력한다고 해서 다 그런 결과를 얻을 수 있는 것은 아니다. (진정한 인과 관계에 있는 것은 지능이나 노력이 아니라, 부모의 뒷받침 같은 환경 요인일 수 있다.) '어떤' 사람이라고 자신을 소개하는가? 무엇을 자신의 정체성이라고 여기는가? 이국 땅에서 학위를 밟느라고 건강을 해친 유학생이 있었다. 문병을 온 사람들에게 그가 말했다.

"저는 꼭 빵집을 해보고 싶어요."

어리둥절해진 이들이 물었다.

"그럼 뿌나에는 왜 온 거야?"

"그렇다고 빵집 주인이 되고 싶다고 할 순 없잖아요."

한편 내 자신처럼 느끼는 사람과 생명의 범주는 넓혀야 한다. 아내가 산통을 겪을 때 남편도 통증을 느끼고, 아이가 아플 때 부모도 아픔을 느끼는 것처럼. 물론 억지로 되는 일은 아니다. 그래서 가슴을 여는 것이 수행의 중요한 고비라고 하나 보다.

희고 찬란한 새가 내 가방 속에서 검은 종이 새로 변해버린 꿈을 꾸고 나서, 강의를 그만 두었다. 그리고 땅 위만을 보기 위해 직업 교육을 받았다. 개천으로 왜가리를 찾으러 나가는 습관은 그 무렵 생겼다. 꿈에서 본 새와 왜가리가 가장 비슷했다. 하늘의 새가 아니라 지상의 새를 보며 위로받았다. 굶주리지는 않을까, 추위에 떨지는 않을까…… 처음으로 내 몸 밖의 존재에게 연민을 느꼈다. 새와 하나가 되는 찰나도 있었다. 나의 경계를 넓히는 것은 차가운 동일시가 아니라, 따스한 연민과 사랑이다.

〈티베트의 통렌 Tonglen 수행〉

통렌은 티베트어로 '주고받기'를 뜻한다. 에고의 범위를 넓히고 마음을 열어주는 명상법이다. 악의에 찬 사람을 가족·상사·손님 등으로 만나고 난 뒤, 쌓인 울화를 뒷감당해야 할 때도 유용하다.

1. 명상으로 마음을 가라앉힌다.
2. 나와 우리와 모두가 씨실과 날실처럼 이어져 있다는 사실을 숙고한다.

3. 감정을 풀어내고 싶은 사람(내가 화를 내는 대상)의 고통
   을 상상한다.

   '그 사람도 슬프면 울고 기쁘면 웃는 사람이며, 누군
   가의 귀한 자식이자 소중한 가족이다. 그런데 행복해
   야 할 삶을 분노와 슬픔 따위로 낭비하면서 그는 고
   통받고 있다'라고 생각하면서 그 사람에 대한 연민을
   일으킨다.

4. 들숨과 함께 그 사람의 고통을 내 안으로 받아들인다.

5. 내가 행복했던 순간을 떠올린다.

6. 아름다운 추억, 사랑을 주고받았던 기억, 소중하게 간
   직하고 있는 것 등을 생각하며, 날숨과 함께 그 행복
   을 그 사람에게 보낸다.

제자의 자격

인도의 학파들은 너나없이 제자를 가려 뽑는다.

"마음을 평정하고 감각기관을 다스리는 자,

 결점을 버리고 경전에 쓰인 대로 행하는 자,

덕을 갖추고 순종하며 항상 해탈을 갈구하는 자에게

이것(가르침)을 지속적으로 가르쳐야 한다."●

'이미 자질을 줄줄이 갖췄는데 뭘 또 배워?'

나는 이렇게 투덜거렸지만 − 역시 비난은 죄다 무지에서 나온다. − 개아를 중요하게 여기지 않는 풍토에서는, 자존감이 확고한 개인을 가려내는 절차가 필요하다는 것을 몰랐다.

옛날에 '사띠야까마 자발라'●●라는 소년이 있었다. 그가 어머니 자발라아에게 물었다.

"스승의 문하로 들어가고 싶습니다. 저는 어느 가문에 속하나요?"

그의 어머니는 답했다.

"애야, 젊었을 때 하녀로 여기저기를 떠돌다가 너를 가졌기 때문에, 네가 어느 가문에 속하는지는 알 수 없단다. 내 이름이 자발라라서, 네 성도 자발라라고 한 것뿐이야."

소년은 명성 높은 스승 가우따마를 찾아가 청했다.

● 우빠데샤 사하스리 (16. 72.)

●● 자발라(Jābāla)는 자발라아(Jabalā)의 아들이라는 뜻이다.

"저를 제자로 받아주십시오."

그러자 스승이 물었다.

"너는 어느 가문에 속하느냐?"

"제 어머니께서는 하녀로 여기저기를 떠돌다가 저를 가지셨기 때문에, 제가 어느 가문에 속하는지 알지 못한다고 하셨습니다."

소년이 이렇게 답하자,

"훌륭한 사람만이 너처럼 진실을 말할 수 있단다. 그러니 너를 제자로 받겠다. 너는 진실을 감추지 않았으니 말이다."

가우따마는 이렇게 말하며, 소년을 제자로 받았다.•

스승 밑에서 경전을 공부한다는 것은 상위 계급의 특권이었다. 노예 계급인 슈드라가 신성한 경전•• 한 구절이라도 듣게 되면, 끓는 쇳물을 귀에 붓는 형벌을 내릴 정도였다. 그러니 아버지가 누군지도 모르는, 그래서 어머니의 성을 따르는 하녀의 아들에게 그 특권은 당연히 허락되지 않았다. 하지만 소년은 배움을 향한 굳은 의지로, 무작정 스승에게 갔다. 신원조회를 할 수 없는 시절인데도 당혹스러운 진실을 밝히는

•　찬도기야 우빠니샤드 (4. 4.)

••　힌두교의 옛 경전 베다를 말한다.

아이의 정직함을, 현명한 스승은 알아보았다. 정직은 확고한 자존감이나 자아에서 나온다. 소년은 스승의 가르침을 받을 수 있었고, 훗날 빼어난 스승이 되어 제자들을 거느리게 되었다.

인도에서 말하는 제자의 자격은, 세 단계 가운데 첫 단계를 마무리하고 두 번째 단계에 들어 있어야 한다는 조건을 의미한다. 에고를 확립하지 못해 "남의 이목을 지나치게 의식"하거나, "신분 따위를 자기 자신으로 여기는"* 학생은 높은 가르침을 배울 자격이 없다. 아직까지 내가 나라는 느낌이 없으면, 여기서 멈춰라.

그물에 걸리지 않는 바람처럼

내려놓기

한때 불교와 쌍벽을 이뤘던 자이나교에서는 업에 물질적 실체가 있다고 간주한다. 욕심을 낼 때마다 화를 낼 때마다, 보이지 않는 쇠사슬이 하나씩 몸에 감기는 셈이다. 영혼이 무

● 산문 우빠데샤 사하스리 (1. 4.)

거워질수록, 보이지 않는 고통도 늘어간다. 삶은 쇠사슬을 끌고 다니는 고행이 된다. 내려놓기는 욕망과 분노 때문에 지게된 쇠사슬을 내려놓는 것이다. 간단하게는, 소유 욕구와 인정욕구를 버리는 것이다. 원하는 것을 갖고자 하는 것, 그리고 갖고 있는 것을 지키고자 하는 것이 소유 욕구다. 내 것으로 만들어 소유하고 싶어 하기 때문에 욕망이 생긴다. 타인에게 인정받고자 하는 것, 그렇게 쌓아올린 평판을 유지하고자 하는 것이 인정 욕구다. 인정을 받지 못해서, 혹은 잃었기 때문에 분노가 생긴다. 삶을 무겁게 만드는 사슬은 셀 수 없이 많지만, 사슬을 주렁주렁 매다는 힘은 결국 소유하려는 욕망과 인정받으려는 욕망이다. 내 욕망이 어디에서 왔는지 하나하나 파헤쳐 보자. 때로는 원인을 아는 것만으로도 욕망이 떨어져 나간다. 쉬운 것부터 하나씩 사슬을 내려놓자.

내맡김

샤르트르는 인생이 B(birth)와 D(death) 사이의 C(choice)라는 말을 남겼다. 선택의 여지가 없는 B(태어남)와 D(죽음)뿐만 아니라, C(선택)까지도 모두 삶의 흐름(신)에 맡기는 것이 내맡김이다. 선택을 하지 말라는 뜻이 아니다. 최선을 다해 결정하되, 뒤돌아보지 말라는 의미다. 사실 어떤 선택을 최선으로 만드는 것은, 선택 그 자체가 아니라 뒤따르는 노력이다.

또한 내맡겨야 하는 것에는 E(emotion)와 J(judgement)도 있다. J는 옳고 그름을 심판하는 것이다. 누구나 시비를 가려 편을 나누지만(땅 위에 발 딛고 살아가면서 위치를 선택하지 않을 수는 없다.), 내 편만 선이고 상대편은 악이라고 심판하지 말라는 가르침이 내맡김이다. 판단은 인간의 몫이지만, 심판은 신의 몫이다. 옳고 그름은 내맡겨야 한다. E는 정서를 말한다. 기쁨·슬픔·분노……. 말로는 다 표현할 수 없는 색색의 감정 앞에 소유격을 붙여 특별하게 여기지 말라는 가르침이 내맡김이다. 나만의 슬픔, 나만의 기쁨을 이끌어내는 경험에 의미를 부여하지 말라는 뜻이다. 옛 그리스인은 감정이 신으로부터 온다고 생각했다. 사랑에 빠지는 것은 에로스(사랑의 신)의 장난이요, 걱정이 생기는 것은 오이지스(고뇌의 여신)의 농간이라는 식이다. 사랑이 식은 것도, 걱정을 하는 것도 내 탓은 아니다. 신이 핑계다. 내 마음(감정)이 내 뜻(의지)대로 되지 않는다는 통찰이기도 하다. 물처럼 흘러야 하는 감정을 가둬 두는 것이 오히려 집착이다. 내맡김은 내 안에 고여 있는 분노와 슬픔, 고통과 좌절 따위를 내 의지로 어쩌려고 하지 말고, 그냥

<u>흘러가게 내버려 두라는 가르침이다.</u> 용서할 수 없으면, 용서하기 위해 노력하지 말자. 사랑할 수 없으면서, 사랑하는 척하지 말자. 바람이 때때로 나무를 흔들 듯이, 감정은 우리를 뒤흔들지만 – 다 지나간다, 기쁨이든 슬픔이든. 지나가도록 내버려 두자. 내맡김은 조류를 타고 항해를 하는 것과 같다. 물살이 좋고 나쁘고, 빠르고 느리고를 따지지 말고 삶을 흐름에 맡기자.

지혜의 길(즈냐나요가)

지혜(jñāna*)는 단순한 지식이 아니다. 법전을 다 외운다고 누구나 판사가 될 수 있는 것은 아니다. 지혜는 낮은 것(apara jñāna)과 높은 것(para jñāna), 두 가지로 나뉜다. 낮은 지혜는 세상에 대한 지식이다. 감각과 이성으로 파악되는 앎이 전부 낮은 지혜다. 갖가지 학문뿐만 아니라, 사성제·팔정도 등 높은 지혜에 대한 이론적 지식도 모두 낮은 지혜에 속한다. 높은 지혜는 '나'에 대한 앎이다. 외부 지식이 아니라 자기 관찰

●   쌘스끄리뜨 원 발음은 '즈냐나'다. 델리를 비롯한 북인도에서는 '갸나'라고 발음한다.

에서 나오는, '깨어있음'의 상태다. <u>생각을 멈추고 관찰을 함</u><u>으로써 에고를 넘어서는 것이 지혜의 길이다.</u> 그게 대관절 어떤 거냐고? 간혹 우리는 아름다운 풍경을 보면서 자신을 잊곤 한다. 몰입 상태에서 내가 사라지고 바라보는 시선만 남은 상태와 깨어있는 상태가 비슷하다. 그 시선을 안으로 돌리면, '깨어있음'이 된다. 우리는 줄곧 밖(세상)을 보느라고 안(자기)을 보지 못한다.

뿌나에서 남방불교를 공부하기 시작했을 때, 나는 자신만만했다. 높은 지혜와 낮은 지혜를 구별하지 못해, 높은 지혜를 머리로 이해할 수 있다고 착각했기 때문이다. 그 자신감은 아비담마에서 여지없이 산산조각 났다. 아비담마는 모든 현상을 다섯 범주에 속한 75가지로 분류한다. 백이 넘어가는 원소 주기율표도 외우는데, 75가지를 이해하는 것이 뭐가 어렵냐고? 당연히 어렵지 않다. 하지만 그런 이해는 낮은 지혜다. 머리로 아는 것이다. 75가지를 마음에서 낱낱이 직접 관찰해 내야 높은 지혜가 된다. 체득되지 않은 지식은 다 저열하다. 그렇기 때문에 불교로 대표되는 즈냐나요가가 어렵다고들 한다.* 유식 불교나 불이론 베단따도 직관을 사용하여 현상을 꿰뚫어보는 지혜의 길이다. 매트릭스 속에 있으면서도, 현실이 매트릭스라고 알아차리는 것과 같다.

인도의 가르침에는 원천이 다른 두 흐름이 있다. 인더스문명에서 시원한 것으로 추정되는 사문(Śramaṇa) 전통과, 후대의 인도-유럽인이 들여온 브라만(Brahman) 전통이다. 성자를 지칭하는 말에 따라, 무니** 전통과 르쉬 전통으로 구별하기도 한다.

원래 인도-유럽인은 신에게 현세의 복을 비는 제사를 중시했다. 그들의 브라만 전통이 인도 선주민의 (해탈을 목표로 하는) 사문 전통과 마주쳤을 때, 우빠니샤드라는 종교 혁명이 일어났다. 후에 불교·자이나교로 이어진 사문 전통을, 지배층인 인도-유럽인이 전적으로 받아들인 결과가 즈냐나요가다. 머리를 기르고 가정을 꾸리는 성자 르쉬가 아니라, 머리를 밀고 출가하는 성자 무니가 이어온 가르침이다. 출가자를 위한, 신 없는 수행이라고 할 수 있다.

● 불교가 어려운 또 다른 이유는, 아뜨만을 부정하고 직관("직접 봄")이라는 지름길을 택하기 때문이다.

●● 석가모니의 '모니'는 무니를 음차한 말이다.

믿음을 지니고 지혜에 몰두하여

감각기관을 제어하는 자는 지혜를 얻는다.

지혜를 얻은 뒤에는 오래지 않아

최상의 평온에 이르게 된다.•

의무의 길(까르마요가)

까르마(karma)는 본래 제사(제식 행위)를 의미한다. 이 뜻이 확장되어 '업'이라는 뜻도 생겼다. 제사를 지내면 좋은 업(선과)을 받을 수 있기 때문이다. 제사가 종교적 의무였기 때문에, '의무'라는 뜻도 덧붙여졌다. 인과응보 사상의 시작은 이렇게 제사와 뗄 수 없는 관계에 있다. 그런데 붓다가 태어나기도 전에, 제사를 올려주는 권력을 누려온 브라만들에게 날벼락이 떨어졌다. 제사보다 해탈이 더 중요하다는 사문의 가르침이 브라만 계급 안에서도 힘을 얻었기 때문이다. 그렇다고 하루아침에 생계인 제사를 포기할 수는 없는 일. 해탈을 위해서도 제사를 버리지 않는 것이 더 낫다는 타협은 그래서

• 바가와드 기따 (4. 39.)

이루어졌다. 해탈할 때까지 먹고는 살아야 하니까.

까르마요가는 브라만 전통과 사문 전통의 타협이다. 세간 (재가)과 출세간(출가)의 타협은 아슈라마°에서 분명히 드러난다. 네 단계 아슈라마 가운데 앞의 두 단계는 브라만 전통에서, 뒤의 두 단계는 사문 전통에서 온 것이다. 까르마요가는 두 번째 가장기에 있는 재가자를 위한 길이다. 신분(카스트)에 주어진 일(의무)로 생계를 이으며, 세상 속에서 깨닫는 방법이다. 결과(업)에 집착하지 않고 삶의 의무(예를 들면 제사)를 다함으로써, 성취를 얻으려고 날뛰는 에고를 잠잠하게 만든다.

까르마요가는 행위의 요가라고 번역된다. (제사를 지내는 등의) 행위는 필연적으로 업을 낳고, 업 때문에 윤회를 벗어날 수 없게 된다. 그런데 까르마요가는, 집착이 없는 행위라면 업을 만들지 않는다고 선언한다. 세상 살아가면서 먹고살자고 하는 짓이 죄업이(물론 선업도) 되지 않는다니, 생계를 위해 날마다 더럽혀지는 우리에겐 그야말로 복음이다. 속세에서도 집착을 없애는 수행을 할 수 있으니, 출가와 재가의 구별도 희미해진다. 그런데 결과에 집착하지 않는다는 것이 무슨 뜻

●　삶의 단계별로 규정된 의무. 첫 번째 학생기, 두 번째 가장기, 세 번째 숲 생활기, 마지막 출가기로 이루어져 있다.

일까?

> 그 무엇에도 애착이 없는 자
> 좋은 것이든 나쁜 것이든
> 뭔가를 얻을 때마다
> 기뻐하거나 싫어하지 않는 자
> 그의 지혜는 굳건하다.[*]

바가와드 기따에서 말하는 무집착은, 일이 되는 대로 흘러가게 내버려두고 결과에 신경 쓰지 않는 초연이 아니다. 그보다는 진인사대천명(盡人事待天命)에 가깝다. 기꺼이 할 일을 다하고 결과에 연연하지 않는 것. 까르마요가는 급여를 부당하게 깎여도 참으라는 것이 아니다. 지금 이 순간, 해야 하는 일에 집중하라는 뜻이다.

> 그대에게는 행위할 권한만이 있을 뿐
> 결과에 대해서는 그 어떤 권한도 없다.

- 바가와드 기따 (2. 57.)

행위의 결과를 동기로 삼지 말라.

(또한) 행위하지 않는 것에도 집착하지 말라.●

사랑의 길(박띠요가)

까르마요가와 아슈라마는 상위 세 계급의 남성에게만 허용된 길이다. 여성과 하층민에게는 그 어떤 가르침도 용납되지 않았다.●● 누구에게나 평등한 가르침으로 불교와 자이나교가 흥성하자, 제사에만 집착해온 브라만교●●●는 큰 위기를 맞았다. 대중적 기반을 되찾기 위해서는 붓다처럼 인간적 매력을 갖춘 새로운 신이 필요했다. 일개 부족의 수장이었던 끄르슈나가 민중의 지지를 기반으로 비슈누의 화신이 된 것은, 이 필요성 덕분이다. 끄르슈나를 앞세운 브라만들은 〈바가와드 기따〉를 지어, 사문 전통과 브라만 전통을 통합했다. 이로써 힌두교가 탄생했다. 여성과 하층민에게 '박띠(사랑, 헌신)'라

● 바가와드 기따 (2. 47.)

●● 다른 사람(계급)의 의무를 잘하는 것보다 자기(계급)의 일을 하다가 손해를 보는 것이 낫다는 논리로, 까르마요가는 신분제를 옹호한다. 바가와드 기따 (3. 35.) 참조.

●●● 인도 아대륙으로 이주한 인도-유럽인의 다신교(베다교)에서 제사 의식을 발전시킨, 제식 중심의 종교.

는 새로운 길을 열어 보인 새로운 종교다.

'박띠'란 신에게 바치는 헌신을 뜻한다. 사랑으로 신과 관계를 맺고 궁극적으로는 신과 하나가 되기를 갈망하기 때문에, 신애의 요가라고 번역된다. 8장에서 우리는 이미 신과 맺을 수 있는 관계를 살펴보았다. 다섯 가지 관계 가운데, 돈도 명예도 가정도 다 버리고 불나방처럼 제 몸을 태우는 불륜의 사랑이 진정한 박띠라고 할 수 있다. 유부녀 라다가 끄르슈나와 맺은 불륜의 관계*. 몸과 마음을 딱히 구별하지 않는 인도에서는 신과의 19금 사랑이 권장된다!

신과 사랑에 빠지는 것이 가능할까. 인도에서 신은 절대자가 아니라 실체의 표상에 불과하다. 사랑의 대상인 신에 대해서는 성자 라마끄리슈나가 짚어준 바가 있다.

한 여인이 그를 찾아가 자신이 사실은 신을 사랑하지 않으며 진심으로 숭배하지 않는다는 것을 깨달았기에 고통스럽노라고 말했다. 라마끄리슈나는

"그렇다면 당신에겐 사랑하는 사람이 없소?"

---

* 연인의 관능적인 사랑은, 자야데와가 12세기에 지은 싼스끄리뜨 서정시 〈기따 고윈다〉에 잘 드러나 있다.

라고 물었다. 여인이 조카를 사랑한다고 대답하자 라마끄리슈나
말했다.

"거기에 당신의 크리슈나, 사랑하는 이가 있소. 그 아이를 돌볼
때, 당신은 신을 섬기는 것이오."●

우리는 신을 선택할 수 있다. "신은 당신의 가장 소중한 것"
●●이니까. 내가 사랑하는 것이 나의 신이다. 인간의 불완전한
사랑이 신의 완전한 사랑으로 가는 길이 된다. 완전하지 않은
인간의 사랑에 실망할까봐, 완전한 신의 사랑으로 도피하는 〈
좁은 문〉●●●과는 반대의 길이다. 연인이나 자녀, 심지어 돌덩
이에 불과한 신상을 사랑하는 것이 어떻게 신으로 가는 문을
열어줄까? 헌신을 통해서다. 사랑은 대가 없이도 큰 희생과
헌신을 가능하게 한다. 에고의 자존심과 소유욕을 꺾을 뿐더
러, 무엇이든 자발적으로 베풀도록 만드는 방법이다. 우리는
사랑을 통해서만 기꺼이 모든 것을 포기할 수 있다.

● 　J. 캠벨, 《신화와 함께하는 삶》, p. 123.

●● 근대 기독교 신학자 폴 틸리히(Paul Tillich)의 말
　　J. 캠벨, 《신화와 함께하는 삶》, p. 123.에서 재인용

●●● 　　앙드레 지드의 장편소설

일 년 예정으로 떠난 여행 도중, 뿌나에 14년을 눌러 앉았다. 그리고 뜬금없이 싼스끄리뜨어를 시작했다. 그곳에서 만난 싼스끄리뜨 학자를 숭배했기 때문이다. 이공계생인 내게 싼스끄리뜨는 난수표 같았다. 삼 년 내내 공부에 아무런 진전이 없자, 내 지능을 의심할 지경이었다. 사부님은 싼스끄리뜨를 몹시 사랑하신 나머지 이 까탈스러운 언어로 박띠 수행을 하셨지만, 나는 이 언어로 까르마요가를 수행했다. 이해하기 어렵고 좋아하지도 않지만, 해야만 하는 의무로서. 사랑하는 가족을 위해 꾸역꾸역 직장에 다니는 아빠 같았다고나 할까. 박띠의 대상인 사부님 곁에 머물기 위해 싼스끄리뜨라는 까르마를 닦아보니, 까르마요가를 따르려는 의지마저도 지키고 싶은 것을 지키려는 사랑에서 나오는 지도 모른다는 생각이 든다. 물론 인간의 사랑은 완전하지 않다. 사부님께 내가 쏟아 부은 것은 내 기대와 바람이 섞인 하얀 투사였다. 긍정적인 모습을 투사(하얀 투사)한다고 해서, 투사가 투사가 아닌 것은 아니다. 어찌 됐든 투사는 현실과 관계를 왜곡하기 마련이다. 하지만 투사를 멈추고 대상을 있는 그대로 받아들이는 용기도 사랑의 힘에서 나온다. 투사를 거두게 되자, 나는 세상에 실존하는 대상을 버리고, 내 안에만 존재하는 '신'을 향해 나아갔다. 그를 아뜨만이라고 부르든 아니무스*라고 부르든, 그는 내게 소크라테스의 다이모니온(dimonion)과 같은 존재다. 의상대사는 관음보살을 친견하고자 14일 동안 기도를 올린 적이 있다고 한다. 하지만 관음보살은 그 앞에 모습을 드러내지 않았다. 좌절한 대사가 바다에 몸을 던지자, 용이 나타나 그를 물에서 건졌다. 영혼의 어두운 밤에 절망으로 질식하기 직전, 나는 신에게 선언했다.

"내게 왜 그런 일이 일어났는지 알지 못할 바엔, 차라리 죽어버리겠어!"

그때 내게 목소리를 들려준 것은 관음이 아니라 용이었다. 신이 아니라, 그가 나를 절망에서 건져 올렸다. 나(에고)라는 편협한 틈으로 흘러나올 수 있는 신은 없다. 그래서 나는 그를 신이 아니라, 신으로 가는 좁은 문(또는 성령)이라고 부른다. 세상 그 어떤 하찮은 것에라도 우리는 사랑이라는 통로를 놓아야 한다. 일단 통로가 생기기만 하면, 신은 그것을 통해 흔쾌히 자신의 빛을 흘려보내기 때문이다. 그 통로는 꼭두각시

---

* 아니마/아니무스는 내면의 이성 동반자로서, "자아가 정신의 심연으로 들어가서 이러한 심연을 경험하게 하는 것이다."
스타인, 《융의 영혼의 지도》, p. 188.

에 달린 끈처럼 우리를 이끈다. 에고의 저항 없이 그 이끌림에 따르는 것이 헌신이다. 우리의 의지는 통로를 넓히고 튼튼히 하는 데만 필요하다. 더 큰 사랑을 결심하는 의지만이. 삶속에서 자신을 움직여 가는 것은 신의 의지다. 에고는 끊임없이 생각을 일으켜 신의 의지를 덮음으로써, 자기 의지처럼 만들어 버린다. 신의 의지에 복종하는 헌신은 생각을 멈추고 사랑을 하는 것이다. 음악 같이 흘러나오는 신의 뜻에 따라 사는 삶은 춤처럼 아름답다.

오직 내게만 마음을 집중하고

내게 의식을 두라.

그러면 그대는 내 안에 거하게 될 것이다.

이는 의심할 바 없노라.●

이제 박띠가 실제로는 치정극 같다는 것을 설명해야겠다. 가난하지만 사랑하는 연인(신)을 선택할 것인가, 사랑하지는 않지만 "얼마면 돼?"를 외치는 연인(세상 속 욕망)을 선택할 것

● 　바가와드 기따 (12.8.)

인가. 가난하고 보잘것없어 보이는 연인을 평생의 반려로 선택하려면 진정한 사랑이 필요하다. 누구나 욕심내는 돈, 명예, 권력 따위를 포기하고, 밥 먹여주지 않는 사랑을 쫓으려면. 박띠의 핵심은 그런 것들을 마지못해서가 아니라 기꺼이 포기하는 것이다. 영랑이 애정하는 드라마 가운데 이런 순정남이 나온다. 사랑하는 여인이 죽으면서 맡긴 (제 자식도 아닌) 아이를 위해 십 수 년을 거지로 떠돌다가, 아이를 구하고 제 목숨을 버린 사내 이야기다. 그는 다섯 손가락 안에 꼽히는 부호 가문의 9대 독자였다. 드라마에서나 가능한 사랑을 아무나 할 수는 없다. 그래서 사랑에는 자격이 필요하다. 줄리엣 (만 13세)처럼 어린 나이에 사랑을 감행하다가는, 서투른 사랑의 대가로 목숨을 치를 수도 있다. 세상이라는 학교에서 배울 것은 배우고(즈냐나요가) 과제도 해내면서(까르마요가), 사랑할 준비가 될 때까지 기다려야 한다.

시공을 초월해 누구에게나 인정받는 천재이면서도, 레오나르도 다빈치는 타인의 인정을 갈구하는 모순적인 인물이었다. 사생아로 태어난 그를 끝까지 받아들이지 않은 아버지 때문이다. 그의 전기를 쓴 아이작슨(Water Isaacson)은, 레오나르도의 부친이 아들에게 보호자에 대한 끝없는 갈구를 물려주었다고 말한다. 다비드상의 콧대가 너무 높다고 트집 잡는 귀족 앞에서 코를 깎는 시늉을 해서 언쟁을 피해갈 만큼, 레오나르도는 성숙한 인격을 지니고 있었다. 하지만 그의 영혼은 자신의 존재를 거부당했던 어린 나이에 머물렀다. 체사레 보르자 같은 권력자들에게, 그가 어린아이처럼 사랑과 수용을 갈구한 것은 그 때문이다. 영혼의 나이는 재능, 지능(IQ), 감성(EQ) 따위와 아무 관련이 없다. 레오나르도는 거의 모든 방면에서 천재성을 보여주었지만, 내면의 아이를 다루는 데는 서툴렀다. 그를 자신의 영웅으로 삼았던 스티브 잡스도 버려진 아이였다. 창의력은 부모에게 버려진 상처에서 나오는 것인지도 모른다. 신화 속 영웅이 태어나자마자 버려지는 것처럼. 영웅 신화(사실은 영혼의 여정)의 변함없는 연금술은 이렇다. 상처 받고, 그 상처(납)를 황금으로 바꾸어(승화) 세상에 선물하는 것.

박띠요가가 빼어난 점은, 에고를 구축하는 첫 단계를 거치지 않아도 된다는 것이다. 사랑할 자격을 갖추기 위해 배우고(즈냐나요가) 일도 한다지만(까르마요가), 우리의 영혼은 사실 헌신으로 가장 크게 성장한다. 아이에게 헌신을 바친 부모가,

배움이나 고행을 거듭해온 현자나 성자보다 더 성숙한 영혼을 지닐 수도 있다는 뜻이다. 사랑의 길은 나의 범위를 타인까지 넓히고, 자신의 욕망(에고)을 희생하여 타인에게 헌신하도록 격려한다.

"온 마음으로, 온 영혼으로, 온 힘으로, 온 정신으로 네 하느님이신 주님을 사랑하라."●

● 루가 (10 : 27)

제 14장

인생이라는 무대

꿈과 서바이벌 게임 사이

인도에서 만난 인연 가운데, 죽음의 문턱에서 되돌아온 이가 있었다. 어렸을 때 호수에 빠져 숨이 끊어졌었다는. 신이라도 봤느냐는 내 물음에, 그녀가 멋쩍은 듯 답했다.

"신은 무슨……. 열 살 인생이 눈앞에 쭉 스쳐가더라고. 고속 재생시킨 영화 같았어."

이 조기 교육 덕분에, 그녀는 인생이 한바탕 꿈이라는 인도의 가르침을 누구보다 신실하게 믿었다.

"꿈에서 빨리 깨려면, 악몽이 낫지 않아?"

내가 이렇게 놀려도, 그녀는 결코 조신의 꿈* 따위는 꾸고 싶어 하지 않았다. 죽음의 순간에는 어차피 꿈이 되어버릴 인생인데, 하긴 뭣이 중할까. (그녀는 다람살라에서 출가했다.) 그녀가 따른 것은 유식불교의 세계관이라고 할 수 있다. 다만, 자신이 인간이 아니라 나비라고 믿었을 뿐.**

서로 총질을 해대는 서바이벌 게임이 인생이라고, 나는 생각했다. 생존게임을 잘하면 높은 계급장을 달 기회를 얻는다. 운도 따라주어야 하지만, 어떤 계급부터 시작했느냐가 더 중요하다. 이전 판에서 얻은 아이템도 요긴하고. 죽을 때까지 그만 둘 수 없는 전쟁이다. 빨리 끝내고 쉰다고? 판이 끝나자마자 곧바로 다음 판에 투입된다. 전투복을 갈아입을 겨를밖에 없다. 내 세계관은 고통에 초점을 맞추는 초기불교의 인식과 비슷하다.

꿈부터 서바이벌 게임까지, 불교는 다채로운 세계관을 펼쳐 보인다. 세상이 정말 있고 없고의 문제가 아니라, 내가 어

● 삼국유사에 수록된 환몽설화. 조신이라는 승려가 태수 김흔 공의 딸과 사랑에 빠져 사랑의 도피를 감행한다. 그러나 자식이 굶어 죽을 만큼 비참한 가난을 견디지 못하고 결국 아내와 헤어진다. 깨어나 보니, 40여 년의 삶이 하룻밤 꿈이었다고 한다.

●● 장자의 호접지몽. 사람이 나비가 되는 꿈이 아니라, 나비가 사람이 되는 꿈을 꾸었다는 뜻이다.

떻게 세상을 인식하느냐가 중요하다.* 일장춘몽의 세계관을 믿었기 때문에, 그녀는 하루 빨리 꿈 깨려고 승려가 되었다. 서바이벌의 세계관을 믿었기 때문에, 나는 한 발이라도 총탄을 덜 맞으려고 에피쿠로스주의자**가 되었다. 사람은 스스로 믿는 대로 자신의 세상을 만든다.

가상현실이냐
증강현실이냐

유식불교는 세계를 한낱 꿈으로 만들어버렸다. 이 모든 게 꿈? 먹고살기 위해 몸부림과 먹부림을 쳐온 우리로서는 허무를 넘어 배신감을 느낄 법하다. 뒤통수를 맞은 것 같은 이 어이상실을 누그러뜨리기 위해, 세 가지의 세계관이 등장한다. (셋 다 이 세상은 꿈이 아니라고 하니, 일단 안심하자.)

첫 번째 세계관은 영화 트루먼쇼***의 세트장 같다. 연극

●   존재론을 인식론으로 돌려버리는 것이 인도철학의 장기다.

●●   빵과 물 이외의 불필요한 욕망을 없애고 소박하게 사는 방식을 택한 사람

●●●   자신의 인생이 전부 세트장 속 가짜이고, 지인도 전부 연기자이며, 자신의 일 상이 생중계되고 있다는 사실을 뒤늦게 알게 된 트루먼이 진짜 인생을 찾아 세트장인 섬을 탈출하는 이야기.

무대처럼 모든 것이 가짜이고, 모든 사람이 연기를 한다. 문제는 배역에 몰입한 나머지 자기가 연기를 하고 있다는 사실을 까먹고 말았다는 점이다. 모두가 작정하고 트루먼을 속인 것이 아니라, 스스로 트루먼이 된 것이다. 우리는 작은 세트장이 세계라고, 자신의 배역이 진짜 자기 자신이라고 믿는다.

두 번째 세계관은 증강현실 게임과 비슷하다. 포켓몬Go와 같이, 현실 위에 환영을 덧씌운 세계다. 현실과 환영은 서로 영향을 미친다. 실제로 속초에 가야 포켓몬을 잡을 수 있는 것처럼. 우리는 현실 세계에 저마다의 욕망을 투사하여 환영을 만들어낸다. 사랑에 빠지면 사랑하는 이의 몸 뒤에 후광이 보이고, 목소리는 재즈처럼 달콤하게 들린다. 욕망은 현실을 왜곡하고 신기루를 만들어낸다. 우리가 갈망하는 사랑, 행복, 신뢰, 안정 따위는 실체가 없다. 아름다운 외모의 이성에게서 사랑이라는 환영이, 높은 연봉의 직장에 행복이라는 환영이 나타난다고 막연히 믿을 뿐이다. 그러면서 포켓몬을 쫓아다니듯이, 환영인 줄도 모르고 환영을 손에 넣으려 한다. 똑같은 현실에서 서로 얼마나 다른 환영을 보는지에 대해서는 경험한 적이 있다. 부동산 평가업에 종사하는 지인과 호수공원에 갔을 때 – 공원 입구로 통하는 길을 함께 걸으며, 지인이 길 양쪽 건물의 시세를 읊는 것을 목도했기 때문이다. 그는 마치 실시간 정보를 눈앞에 띄우는 구글 글래스를 쓴 것 같았다. 색색 페튜니아 꽃이 눈을 유혹하는 유럽의 노천카페는 내가 보는 환영이었고, 위치별 추정 매매가는 그가 보는 환영이었다. 우리는 각자의 욕망에 따라, 같은 현실을 완전히 다르게 경험한다.

세 번째 세계관은 영화 매트릭스와 같다. 매트릭스는 0과 1로 이루어진 프로그램이자 세상이지만, 매트릭스 밖에는 진짜 세상이 존재한다. 기계가 지배하는 그로테스크한 현실의 세상이. 이와는 반대로 인도는, 매트릭스 밖에 지복의 세상이 있다고 주장한다. 매트릭스만 벗어나면 천국이 기다린다.

세 가지 세계관 모두 삶이 허구적이라는 사실을 폭로한다. 아등바등 살아온 인생이 신기루라는 것을 알고 난 뒤에, 우리는 무엇을 할 수 있을까. 첫 번째 세트장 같은 세계 속에 있다면 – 자신이 연기를 하고 있다는 사실을 깨닫는 것이 먼저다. 그런 다음에야 연기를 즐기면서 세트장에 남을지, 트루먼처럼 세트장을 탈출할지 선택할 수 있다. 단, 메소드 연기는 금물이다. 두 번째 증강현실 같은 세계 속에 있다면, 환영을 알아보는 눈(지혜)을 키워야 한다. 조현병 환자가 자신이 실재라고 믿는 것을 환각이라고 인식하려면, 각별한 노력을 기울여야 하는 것과 마찬가지다. 포켓몬을 쫓아다니는 것처럼, 환영을 쫓아다니는 것도 즐거울 수 있지 않을까? 게임하듯 신나게 살아가려면, 찾아다니는 과정 자체를 즐기며 결과에 집착하지 않아야 한다.(까르마요가) 게임을 즐기는 것과 게임 중독은 엄연히 다르다. 성공과 실패에 연연하는 순간, 게임은 사막에서 오아시스 쫓아다니기로 바뀐다. 어쨌든 환영을 환영이라고 알아야 게임도 즐길 수 있다. 세 번째 매트릭스 같은 세계로부터는 빨리 벗어나야 한다. 배양기 속 오감을 자극하는 촉수는 갈수록 얽히고설킬 것이고, 근육은 갈수록 퇴화할 것이다. 숟가락이 구부러지는 현상을 보지 말고, 숟가락이 아예 없다는 사실을 간파해야 한다. 매트릭스의 본질을 꿰뚫어야 진정한 천국으로 탈출할 수 있다.

자신을 움직이는 무의식적 믿음이 어떤 세계관에서 온 것이든, 우리가 보고 있는 것은 진짜 세상이 아니다. 실재한다고 믿어마지않는 물질조차 원자핵과 전자 사이의 공(空)일 뿐이다.

"수소 원자핵이 농구공만하다면 전자는 대략 10킬로미터 밖에서 움직이고 있다고 보면 된다……. 전자는 크기가 거의 없을 만큼 작기 때문에, 서울시만한 공간 안에 농구공 말고는 아무 것도 없이 텅 비어 있다는 말이다. 우리의 몸도 원자로 되어 있다. 따라서 우리 몸은 사실상 텅 비어 있다."•

어떤 세계관을 믿든, 세상살이의 핵심은 이러하다 : 무의미를 직시하라!

• 　김상욱, 《김상욱의 양자공부》, p. 29.

제 15장

정토는 없다

뿌나에 있는 오쇼 아슈람(서양인들은 '리조트'라고 불렀다.) 투어 코스에 가면, 롤렉스를 찬 오쇼 라즈니쉬가 릴렉스를 외치는 영상을 볼 수 있었다. 그가 타계한 후에도 인도는 지치지 않고 세계적인 성자를 배출하고 있다. 그래서인지 인도가 가르침과 깨달음의 땅이라는 믿음은 여전히 굳건한 것 같다. 더불어 싼스끄리뜨 경전에 덧씌운 신성함의 광채도. 《바가와드 기따》에 대한 비판을 올렸다고 명상 카페에서 강제 탈퇴를 당했다. 이유는 '성전에 대한 비난'이었다. 인도는 진정 가르침의 땅이고, 싼스끄리뜨 경전은 정말 신성할까? 물론 인도는 인더스문명부터 시작된 영적 추구의 전통을 오천 년 가까이 간직해오고 있다. 그러나 그 유구한 전통은 현대에 새롭게 창조되어야 하고, 경전은 시대의 맥락에 맞게 다시 이해되어야 한다. 예를 들어, 업이니 전생이니 하는 수천 년 전 용어는 무의식이나 심층의식으로 이해해야 쉽다. 게다가 인도를 신비라는 틀 안에서만 이해하는 것은, 서양이 날조해낸 동양의 이미지 안에 갇히는 것이다.[*]

돈을 좋아하지 않으면
성자가 아니다

나의 첫 하타요가 선생은 20대 인도 청년이었다. 길고 탐스러운 수염을 기르고 있어서, 나는 그가 출가기에 든 중년인 줄 알았다. 동유럽 투어를 마치고 돌아온 그가 수염을 싹 밀어버리지 않았다면, 끝까지 그의 나이를 몰랐을 것이다. 근엄한 모습 덕에 그가 챙긴 이익도. 그래도 그는 정직한 사람이었다. 수염을 왜 깎았느냐고 묻자, "(쇼가) 끝났잖아"라고 답했던 것이다. 어느 날 요가 수업 중에 선생이 양해를 구했다. 뿌나에 온 구루를 친견하고 싶으니, 수업을 일찍 끝내고 싶다고. 함께 가서 구루의 강연을 보자는 제안도 했다. 그리하여

● 　인도의 오리엔탈리즘에 대해서는 이옥순의 《우리 안의 오리엔탈리즘》과 《여성적인 동양이 남성적인 서양을 만났을 때》를 참조할 것.

나를 비롯한 유학생들은 바이크에 나눠 타고, MG로드 근처의 네루 홀까지 폭주족처럼 달렸다. 선생 뒤에 탄 나는, 곡예하는 바이크 위에서 멀미를 했다. 강연이 시작된 뒤에나 홀에 도착했는데, 몇 백 넘는 좌석이 거의 다 찼다. 구루의 이름은 사띠야 사이바바였다. 구글링을 할 수 없는 시절이라서, 그가 명성 높은 19세기 성자(쉬르디 사이바바)의 환생을 자처하는 유명인사라는 것을 몰랐다. 이따금 허공에서 시계를 꺼내는 이적을 보여준다는 것도. 훗날 인도 친구들은 여러 바바(스승)에 대해 묻는 나를 비웃으며, 돈을 좋아하지 않으면 성자가 아니라는 격언을 일러주었다. 이 조언은 꽤 유용해서, 인도를 떠난 뒤까지 내가 존경을 바친 성자는 라마끄리슈나와 라마나 마하르쉬뿐이었다. 심지어 나는 마하뜨마(위대한 영혼)라고 불리는 간디도 위선자라고 생각한다.

십 년 넘게 싼스끄리뜨 경전을 읽으며, 섬광 같은 가르침에 전율한 때가 셀 수 없었다. 뿌자(제사)의 만뜨라(기도문)를 들으며 기쁨에 잠긴 적도, 히말라야에서 명상 중인 성자들을 보며 경탄한 적도 있었다. 하지만 그 자체로 신성한 것은 없다. "자신이 하는 모든 경험을 인간의 존재를 넘어서는 다른 차원으로"● 바꾸는 것은 인간이니까. 신성함과 성스러움이라는 광채를 부여하는 것은, 자기(아뜨만) 안에서 흘러나오는 빛이다. 신성은 밖에서 찾지 말고 자기 안에서 찾아야 한다. 경전, 신상, 만뜨라, 그리고 가르침 모두 자기 안의 여정을 도와주는 도구일 뿐이다. 또한 삶의 본보기가 되는 스승은 제 수준에 맞춰 나타난다. 마계나 인간계에서 헤매고 있으면서, 천상계 스승을 찾지 말라는 뜻이다. 영성에 목마를수록 사이비에 속기 쉽다. 히말라야 기슭의 와쉬쉬뜨(Vashishit) 사원 앞에서 대마초 삼매에 빠진 사두(수행자)에게 가르침을 구하는 서양 청년들처럼.

억압을 풀어낸다고
해탈하지는 않는다

정신적인 문제, 특히 어린 시절의 상처와 트라우마는 중독 같은 파괴적인 습관부터 수치심처럼 감정적인 장애까지 다양한 난관을 만든다. 깜짝 상자처럼 튀어나오는 성적, 정서적 억압 또한 삶을 당혹스럽게 하기는 마찬가지다. 이런 갖가지

● 엘리아데, 〈성과 속〉 가운데

증상을 완화시키는 데 명상은 실질적 도움을 준다. 하지만 명상 자체가 치료는 아니라는 것을 기억해야 한다. 중증 질환에는 반드시 전문가의 도움이 필요하다.

한편 고통의 원인인 상처나 억압 따위를 명상으로 풀어냈다고 해서, 그것이 곧 자유나 해탈을 의미하지는 않는다. 오랫동안 한 몸 같았던 고통을 떨궈버리고 나면, 당연히 날아갈 듯 가벼워진다. 그렇다고 그 상태가, 삶이라는 중독에서 완전히 자유로워진 경지(해탈)는 아니다. 겨울 뒤에 찾아든 짧은 봄 같은 휴식일 뿐이다. 이제는 여름이 기다린다.

명상은 스트레스 관리가
목적이 아니다

명상이 스트레스에 탁월한 효과를 보인다는 사실은, 누구나 아는 상식이 되었다. "스트레스는 단순히 외부에서 벌어진 사건"이 아니라, "그 사건을 마음이 어떻게 해석하고 대처하느냐 하는 것"*이다. 그러므로 내면을 들여다보는 명상이야

● 　달라이라마 외,《힐링 이모션》, p. 137.

말로 마음의 해석을 바꿀 수 있는 키다. 당연히 건강에 이롭다. 신체적 건강에는 하타요가, 정신적 건강에는 명상 ― 웰빙과 힐링 붐을 타고 요가와 명상은 쉽게 즐길 수 있는 스포츠가 되어가고 있다. 바람직한 일이다. 조용한 산사를 찾지 않아도 우리는 영적·정신적 휴식을 누릴 수 있게 되었다. 그럼에도 불구하고, 요가와 명상의 본래 목적은 진정한 자유라는 것을 지적하고 싶다. 심원한 가르침을 단지 스트레스 관리에만 쓰는 것은, 성수를 마시지 않고 목욕물로 쓰는 것과 마찬가지다. 가르침을 내 몸의 일부로 만드는 것이 아니라, 외부의 더러움을 씻어내는데 급급하다는 뜻이다. 명상을 수단이 아니라 목적으로 삼는 이는 많지 않다. 우리는 출가자가 아니니까. 하지만 이왕 명상을 목욕물로 쓰고 있다면, 한 모금이라도 마셔보면 어떨까.

요가와 명상은 해탈을 지향하는 삶의 방식 자체다. 음식·운동은 물론 육체의 자세와 정신의 태도까지 삶 전반을 관장한다. 몸의 행동, 입의 말, 마음의 생각 전부가 바뀔 수 있다는 뜻이다. 아니, 바뀌기보다는 제 모습을 찾는다고 할 수 있다. 절대 실현할 수 없는 자기계발에 매달리지 말고, 진정한 자기 자신을 발견해 보자.

우리는 성자가 아니다

위치성은 어떤 입장을 취하는 것이다. 세상을 살아가면서, 땅 위 어딘가를 딛지 않을 수는 없다. 필연적으로 내 편과 네 편이 갈린다. 위치를 가지는 이상, 싸움을 피할 수도 없다.

수행을 한다는 것이 세상사에 관심을 끊는 초연을 뜻할까. 집착하지 않는다는 것은 무관심하다는 뜻이 아니다. 결과에 연연하지 않고 욕망에 휘둘리지 않는다는 의미다. "무집착에는 세상과 세상사로 하여금 스스로의 문제들을 해결하고 주어진 운명을 감당하도록 도와주는 자발성도 포함된다."● 증오와 혐오를 부추기지 않고도 우리는 지금 이 시대의 선과 악을 말할 수 있다. 선과 악 앞에 '절대'라는 단어를 넣지 않고, 맥락이 달라지면 선악도 바뀐다는 것을 기억하면 된다. 비슈누 신의 여덟 번째 화신 끄르슈나는, 자신과 부족의 최후가 비참하리라는 것은 예견하면서도 참혹한 전쟁에 뛰어든다. 그리고 제 편을 위해 온갖 계략과 기만술을 펼쳐 보이며, 신성을 내려놓고 스스로 더럽혀진다. 패자만 남기고 전쟁이 끝나자, 그의 부

● 호킨스, 《나의 눈》, p. 220.

족은 서로를 죽여 자멸한다. 끄르슈나 자신도 저주를 받아, 사냥꾼의 화살에 맞아 숨을 거두고 만다.

"옳고자 하는 허영과 정의로움의 덫에 빠지지"● 말고, 지금 해야 할 일을 하자. 스스로를 선이라고 강변하지 말고, 때로는 악이 될 것을 각오하고서.

가르침을
돈으로 사지 말자

뿌나에는 요가와 명상 센터가 수두룩했다. 세계적 명성을 쌓은 곳도 많아, 끊임없이 외국인을 불러 모았다. 온갖 강연 뿐만 아니라, 모임과 삿상●●도 쉴 새 없이 열렸다. 삶의 지침을 잃고 방황하던 내게는, 방향을 가리키는 누군가의 손가락이 절실했다. 그래서 개인지도를 하는 소규모 삿상에 참여하려고 아슈람 주변을 기웃거렸다. 결론적으로 나는, 단 한 번도 삿상에 참여할 수가 없었다. 유학생에게 참가비 몇 천 루

●   앞의 책, p. 108.

●●   쌍스끄리뜨로는 sat-saṃga, 즉 "선한(훌륭한) 사람들의 모임"이라는 뜻이다. 스승과의 문답을 통해 지혜를 깨우치는 과정을 말한다.

피는 지나치게 비쌌다. (1루피가 35원 하던 시절이었다.) 인도의 아슈람 다수가 기부에 의해 운영되고 있지만, 유명한 곳은 예외 없이 적지 않은 체류비를 받는다. 게다가 달라이라마의 칼라차크라 법회에는 15만이, 아루나찰라에서 열리는 유명 스승의 삿상에는 수천이 운집한다. 나만을 위한 가르침은 과분한 바람이었다. 그래서 아무 가르침도 받지 못했느냐고? 넘치도록 받았다. 폭포처럼 쏟아지는 가르침을 간장 종지 같은 에고로 받아내자니 힘들었을 뿐이다. 우리 주변에는 가르침이 널려 있다. 책 속에도, 사람을 마주할 때도, 살아가는 모습 자체에도, 심지어 드라마 속에도. 보는 눈이 없을 뿐이다. 눈이 조금씩 밝아지면서 볼 수 있는 것이 많아지자, 가르침에 목마를 일은 거의 없었다. 시기 별로 필요한 가르침은 때가 되면 저절로 온다. 스승도 때맞춰 나타난다. 찾지 않을 뿐이다. 진리(라고 불리는 사실)는 감추어진 적이 없다. 다만 그것을 알아보는 이가 적을 뿐. 사실 삶 자체가 수행이다.

수행자가 늘면서 요가·명상 관련 공동체와 수행처가 우리나라에서도 급증했다. 자존감이 뿌리 내리지 못해 삶에서 충만함을 빨아올리지 못하게 되자, 쇼핑에 중독되듯 영적 가르침을 돈으로 사는 데도 중독되는 것 같다. 무수한 앱, 마인 튜브(명상 유튜브), 온오프 강좌뿐만 아니라, 색채·아로마·싱잉볼……. 갖가지 테라피가 성업 중이다. (심지어 '마음쇼'도 있다.) 명상 산업은 바야흐로 트렌드가 되었다. 쉽게 명상을 이용(!)할 수 있다니 다행이다. 하지만 패스트푸드를 먹듯이, 수행도 인스턴트로 할까봐 걱정스럽기는 하다. 삶의 고통과 직면하는 것이 진정한 명상이라는 것을 기억하자. 가르침은 진지하게 구하되, 돈으로 사지는 말자.

〈싱잉볼〉

다람살라에서 묘한 울림을 주는 티베트 종 모빌을 구한 이후로, 곳곳을 찾아다니며 종과 싱잉볼 소리를 들어보았다. 훌륭한 것은 숭엄한 소리를 냈다. 듣는 것만으로도 힐링이 되는 것 같았다. 그런 법기는 최소 몇 천에서 몇 만 루피. 학생이 살 수 있는 것이 아니었다. 유튜브에 올라와 있는 싱잉볼 소리를 들어보았는데 – 재생기기가 빈약한 탓인지, 직접 들을 때처럼 소리가 웅숭하지 않았다. 아쉬웠다. 몸이 공명할 수 있는 모처럼의 도구인데.

티베트의 싱잉볼은 오랜 전통을 자랑하는 소리치유 도구다. 주파수가 맞으면 각 차크라를 활성화 시킬 수도 있다고 한다. 태양신경총 차크라가 고갈되었을 때, 나는 528Hz의 싱잉볼 소리를 자주 들었다. 도움이 되었느냐고? 모르겠다. 생강차가 훨씬 큰 효과를 냈으니까. 다만 이완과 기분 전환에는 볼 소리가 더할 수 없이 좋았다. 연주, 강좌, 테라피, 마사지까지 있지만, 굳이 돈 들이지 않아도 된다. 앱이나 유튜브를 열어라. 울림이 아쉬우면, 몸 위에 올려놓을 볼 하나만 있으면 된다.

나만 좋으라고
수행하는 것이 아니다

다람살라의 남걀 사원에서 한국인을 위한 법회가 열렸을 때, 법당을 가득 채운 것은 우리나라 사람이었지만 밖을 채운 것은 국적 다양한 외국인이었다. 달라이라마가 인파를 헤치며 천천히 걸어오는 것을, 나는 높은 곳에 자리한 법당 안에서 내려다보고 있었다. 도중에 그는, 노란 머리칼을 가진 청년 앞에 멈춰섰다. 멍하니 눈 풀린 표정으로 자신을 바라보는 젊은이에게, 그가 몇 마디 말을 건넸다. 그 청년에게는 소외된 자의 표식이 있었다. 내가 '카인의 낙인'이라고 부르는, 절망과 두려움의 표정이. 그런데 몇 분 되지 않는 짧은 시간 동안, 달라이라마는 앞에 선 이의 표정을 완전히 바꿔놓았다. 자비? 초능력? 그런 무표정은 누구나 알아볼 수 있다. 누구나 공감과 위로를 건네지는 않을 따름이다.

요가의 목표인 독존(Kaivalya)은 고독이 아니라, 깨달음의 경지다. 자기 자신으로 우뚝 선다는 뜻이다. 깨달음은 무소의 뿔처럼 홀로 추구하는 것이지만, 수행은 나만 좋으라고 하는 것이 아니다. 가슴을 열어 다른 사람들과 공명하고, 목을 열어 위로를 건네는 것이 수행이니까. 더 높은 경지에 이르면, 온 생명을 사랑하게 된다. "네 고통은 나뭇잎 하나 푸르게 하지 못한다."● 그러나 네 고통을 연민으로 바꾸어 심으면, 고통받는 이가 쉬어갈 수 있는 나무로 자란다. 마음에 연민을 심자. 그게 수행이다.

"살아있는 것들 모두 행복하기를!"●●

● 이성복,《네 고통은 나뭇잎 하나 푸르게 하지 못한다》
●● 숫따니빠따 145, 자비경(Metta Sutta)

비밀스럽지 않은 결론

; 인도의 시크릿

어설픈 단식 끝에 미친 듯이 배가 고픈 나머지, 산책하다 말고 피자 한 판을 주문했다.

'집에 가면 금방 따끈한 피자가 올 거야.'

때 이른 포만감으로부터 샘솟는 힘을 느끼며 바람처럼 집에 도착했다. 현관 앞에는 이틀 전에 주문한 식재료가 배달되어 있었다.

'까맣게 잊었네. 이걸 언제 다 먹지?'

투덜거리면서 냉장고에 먹거리를 쑤셔넣자마자, 초인종이 울렸다. 피자라고 생각하고 문을 열었더니, 카트에 반찬을 바리바리 싣고 오신 어머니가 서 계셨다. 내게 끌어당김의 법칙은 이렇게 성가신 것이다. 되는 대로 생각하면, 결말도 되는 대로다. 의식의 힘을 현명하게 쓰려면 제정신 차리고 있어야 한다. 물론 간절히 바란다고 모든 것이 이루어지지는 않는다, 다행히. 끌어당기는 힘뿐만 아니라, 밀어내는 힘도 존재하기 때문이다. 의식이 뭔가를 갈망할 때(인력), 무의식은 그것에 저항하며 딴지를 건다.(척력) 살을 빼려는 의지(의식)를 무참히 배신하는 것은 언제나 생존 본능(무의식)에서 올라오는 식욕이다. 무얼 해보겠다고 덤비는 의지를 여지없이 꺾어놓는 것도 언제나 게으름(무의식). 변하지 않으려는 보수성은 인간의 본능이기 때문이다.

선과 악, 음과 양, 삶과 죽음, 생성과 소멸⋯⋯. 이원적으로 세계를 파악하는 우리 안에도 의식과 무의식이라는 이원성이 존재한다. 안이든 밖이든, 이원성의 세상을 움직이는 것은 서로 대립하는 쌍이다. 무엇을 이루고자 하는 의지가 있으면, 그것을 방해하는 반작용도 당연히 있다. 마음의 저항을 극복하지 못하면, 매사 헛수고이거나 성공을 해도 대가를 치른다. 아무리 무의식이라지만, 내가 성공하는 것을 나 자신이 바라지 않는다고? 그렇다. 성공을 거머쥐고도, 자신에게 그럴 만한 자격이 없다며 불안해하는 가면증후군을 보라.

반항하는 무의식을 달래 원하는 것을 얻고 나면, 이번에는 자만에 빠진 에고가 설쳐대기 시작한다. 이제 일을 망치는 게

둘이나 된다. 그러니 성공 뒤의 실패는 필연이나 다름없다. 행복과 불행은 홀로 오지 않는다. 물론 성공을 원하는(혹은 성공을 거둔) 사람은 몰락이 뒤따른다는 것을 믿지 않는다. 오르고 나면 반드시 떨어지기 마련인 인생의 궤도를 자신만은 피할 수 있다고 확신하며. 성공을 위해 마음의 저항을 극복하는 것도 어렵지만, 성공하고 나서 불안과 자만을 잠재우기도 어렵다.

이쯤 되면, "그래서 어쩌라고?"라는 원망이 귀에 들리는 것 같다. 우선은 가슴에 손을 얹고 생각해보자. 내가 진정 바라는 것이 그럴싸한 성공일까? 다른 이들에게 인정과 존중을 받을 수 있기 때문에, 성공하려고 기를 쓰는 것은 아닐까? 그렇다면 답은 간단하다. 다른 사람의 관심을 기대하지 말고, 진짜 '나'에게 관심을 가져라. 안이 빌수록 밖에서 구하기 마련이다. 인도에서는 누구나 내면에 신(= 아뜨만)을 지니고 있다고 믿는다. 자기 안에 신이 있는데, 굳이 밖에서 무얼 찾을 필요가 있을까? 자기 안에서 구하자. 지금까지 살펴본 수행도 모두 자신을 제대로 사랑하려고 하는 일이다.

그래도 꼭 갖고 싶은 것이 있다고? 영혼을 팔아서라도? (자신을 팔려고 덤비는 싸구려 영혼 따위, 악마는 취급하지도 않겠지만.) 무엇을 향해 길을 내는 방법은 욕망과 사랑(열정), 두 가지다. 돈을 욕망하는 것이나 사랑하는 것이나 뭐가 다를까? 별 차이 없다. 돈이나 지위 따위는 목적이 아니라 수단이기 때문이다. 하지만 연인을 (육체적으로) 욕망하는 것과 (진심으로) 사랑하는 것은 다르다. 욕망은 대상을 수단으로 삼고, 사랑은 목적으로 삼기 때문이다. 성공은 인정받기 위한 수단이지, 그 자체가 목적이 되지 못한다. 수단은 오직 결과를 얻기 위해 필요할 뿐이다. 수단을 갈구하는 것은 욕망이다. 그러나 과정을 중시하는 것은 사랑이다. 목적을 이루지 못하더라도, 과정에서 즐거움을 누릴 수 있기 때문이다. 끝장을 봐야 하는 도박이 욕망이라면, 언제든 그만 둘 수 있는 게임이 사랑이다. 게다가 욕망과는 달리, 사랑은 의식과 무의식을 한 편으로 묶는다. 욕망에는 반동과 실패가 따라붙지만, 사랑에는 그런 부작용이 들러붙지 않는다. 좋아하는 일을 하다가 성공을 거두는 경우가 많은 이유는 그 때문이다. 성공하기 위해 좋아하는 일을 찾지 말고, 성공과는 상관없이 좋아하는 일을 즐겨라. 어느 미국 작가의 책에서 "내 심장을 만지는 문장"이라는 표현을 읽은 뒤로, 나는 꾸준히 현대판 민담인 판타지 소설을 쓴다. 남의 심장이 아니라 내 심장인데도, 지금까지 그런 문장을 쓰지 못했다. 아직 성공하지 못했기 때문에, 여전히 쓰게 된다. 어떤 일은 이루어지지 않아야 좋을 때도 있다.

간절히 원하면 이루어진다고 믿지 말고, 뭔가를 이루지 못해도 하고 싶은 일을 하겠다고 결심하자. 간절할수록 집착하지 말자. "움켜쥐지도 말고 놓아버리지도 말라"•고 경전은 충고한다. 일이 되어가도록 내버려 두되, 언제나 그 일을 손아귀에 두어야 한다. 꽉 움켜쥐는 집착을 부리다가 홍시를 터트리지 말고, 그렇다고 누워서 입 안에 감이 떨어지기를 기다리지도 말라는 뜻이다. 억지 집착으로 반발을 부르지도 말고, 막연한 낙관으로 목표를 놓치지도 말라. 이게 인도의 시크릿, 한마디로 내맡김이다. 내맡김은 될 대로 되라가 아니라, 결과를 내맡기는 것이다.

동양의 가르침은 무위와 무욕으로 뭉뚱그리곤 한다. 붓다가 아내와 아들을 사랑했을 뿐만 아니라, 깨달음을 절실하게 간구했다는 것을 무시하는 일이다. 성인의 경지인 무위와 무욕으로 가기 위해서는, 범인의 경지인 노력과 욕망을 거쳐야한다. 모래로 쌓은 성이 파도에 무너지는 것을 보아야만, 우

● 상윳따 니까야

294

리는 무상을 깨달을 수 있다. 모래성을 쌓지 않으면 어떤 깨달음도 얻을 수 없다. 아무 것도 열망하지 않으면, 아무 것도 얻지 못한다. 바라고 원하되, 다만 결과에는 집착하지 말라는 것이 내맡김이다. 그 일(또는 사람)과 함께한 모든 순간이 의미 있었을 때 비로소 결과를 놓아 줄 수 있다. 전혀 비밀스럽지 않은 진부한 결론 ; 사랑이 모든 것을 가능하게 한다. 진천명 대인사(盡天命待人事)!

인도에 십 년 넘게 있었다고 하면, 다들 내가 도 닦다가 온 줄 안다. 하지만 나는 명상을 공식적으로(!) 해본 적이 거의 없다. 인도 가기 전에는 보리수 선원에서 위빠사나 기초를 며칠 배웠고, 인도에서는 파욱 명상센터에서 오신 스님께 3박4일 배운 것이 전부다. 뿌나에 본부를 둔 고엥까 위빠사나 센터에도, 인도나 미얀마의 아슈람에도 수행을 위해 걸음한 적이 없다. 중간에 귀국했을 때, 참선 템플스테이에 참가했다가 도중에 그만 두고 방바닥을 뒹군 흑역사도 있다. 그때 지도스님께서 혀를 차며 하셨던 말씀은 이랬다.

"너는 네 하고 싶은 대로 수행해라."

그랬다. 앞으로도 그럴 것이다.

나는 늘 당면한 고통에서 당장 벗어나게 해줄 방법만을 찾았다. 맷돌 위아래짝 사이에 머리가 낀 것 같은데, 한가하게 앉아 있을 수는 없지 않은가. 효과 빠른 방법을 찾으며, 전통적인 방법도 내 마음대로 바꾸곤 했다. 진통제 먹듯이 수행을 하다보니 반작용·부작용도 많이 겪었다. 이 책에서 다룬 방법 가운데, 내가 진지하게 해보지 않은 것은 단 하나도 없다. 효과가 빠른 방법이라도, 부정관처럼 부작용이 큰 것은 제외했다. 힌두의 수행법이 아니라, 불교의 수행법을 토대로 삼은 것은 그 때문이다. 힌두의 수행법과 테크닉은 매혹적이지만, 그만큼 위험하다. 버스 안에서 창밖으로 뛰어내릴 뻔한 경험 이후로, 위험한 길은 피하게 되었다. 무엇보다 나는 수많은 사람을 유혹에 빠뜨리는 싯디(Siddhi : 초능력)에 전혀 관심이 없다. 특별한 능력이나 내밀한 우월감을 위해 수행하지 않았기 때문에, 피 터지게 심마와 싸우면서도 주화입마를 피할 수 있었는지도 모른다.

수행을 제대로 해본 적이 없다는 말을 입에 달고 살았더니,

오만을 가리기 위한 겸손이라는 말을 들었다. 곰곰 생각해보니, 수행을 제대로는 안 했지만 참 열심히는 했다. 사는 것 자체가 수행이라면 말이다. 이 책에서 사부·스승으로 지칭되는 분들은 내게 요가나 명상을 가르치신 적이 없다. 그저 살아가는 모습만으로 가르침을 주신 분들이다. 수행의 실질적인 기둥은 《청정도론》이었다. 귀국 후에 인도의 가르침을 언어로 정리할 때는, 호킨스 박사의 저서로부터 큰 도움을 받았다.

이렇게 수행 이력을 장황하게 밝히는 이유는 이 책이 오독되는 것을 피하기 위해서다. 지혜를 위한 수행을 무협지 속 수련으로 착각하지 말자. 깨달음으로 가는 길은 저마다 다르지만, 인간으로서의 성숙이 먼저다.

각묵,《네 가지 마음 챙기는 공부》, 초기불전연구원, 울산: 2019.

게오르그 포이에르슈타인,《요가사전》, 김재민 옮김, 여래, 서울: 2017.

김상욱,《김상욱의 양자 공부》, 사이언스북스, 서울: 2017.

달라이 라마·프란시스코 바렐라·존 카밧진·리처드 데이비드슨·클리퍼 드 사론·대니얼 브라운·리 이어리·샤론 잘츠버그·대니얼 골먼. 《힐링 이모션》, 대니얼 골먼 엮음, 김선희 옮김, 판미동, 서울: 2017.

대림,《들숨날숨에 마음 챙기는 공부》, 초기불전연구원, 울산: 2019.

데이비드 호킨스,《의식수준을 넘어서》, 문진희·김명권 옮김, 황금가지, 서울: 2009.

데이비드 호킨스,《나의 눈》, 문진희 옮김, 판미동, 서울: 2014.

따렉 깝괸,《티베트 마음수련법 로종》, 이창엽 옮김, 담앤북스, 서울: 2017.

머리 스타인,《융의 영혼의 지도》, 김창한 옮김, 문예, 서울: 2015.

미르치아 엘리아데,《성과 속》, 이은봉 옮김, 한길사, 서울: 2001.

바뤼흐 스피노자,《에티카》, 황태연 옮김, 비홍, 서울: 2014.

박효엽,《베단따의 힘》, 씨아이알, 서울: 2019.

붓다고사,《청정도론》, 대림 옮김, 초기불전연구원, 서울: 2004.

브라이언 리틀,《성격이란 무엇인가》, 이창신 옮김, 김영사, 파주: 2015.

브레네 브라운,《수치심 권하는 사회》, 서현정 옮김, 가나, 고양: 2019.

사라다난다,《차크라의 힘》, 김재민 옮김, 판미동, 서울: 2016.

스와미 사라다난다,《호흡의 힘》, 김재민 옮김, 판미동, 서울: 2018.

샹까라,《천 가지 가르침》, 이종철 옮김, 소명, 서울: 2006.

에드워드 F. 에딘저,《자아발달과 원형》, 장미경 옮김, 학지사, 서울: 2016.

유진 T. 젠들린,《상처받은 내 마음의 소리를 듣는 심리치유: 포커싱》, 김성준 옮김, 팬덤북스, 서울: 2017.

월터 아이작슨,《레오나르도 다빈치》, 신봉아 옮김, 아르테, 서울: 2019.

위야사,《마하바라따》, 박경숙 옮김, 새물결, 서울: 2012.

이성복,《네 고통은 나뭇잎 하나 푸르게 하지 못한다》, 문학동네, 파주: 2014.

이옥순,《여성적인 동양이 남성적인 서양을 만났을 때》, 푸른역사, 서울: 1999.

이옥순,《우리 안의 오리엔탈리즘》, 푸른역사, 서울: 2003.

임마누엘 칸트, 《순수이성비판》, 백종현 옮김, 아카넷, 서울: 2006년

임헌규, 《3대 주석과 함께 읽는 논어 2》, 모시는사람들, 서울: 2020.

조지프 캠벨, 《신의 가면2: 동양 신화》, 이진구 옮김, 서울: 까치, 2003.

조지프 켐벨, 《신화와 함께하는 삶》, 이은희 옮김, 한숲, 서울: 2004.

조지프 켐벨, 《천의 얼굴을 가진 영웅》, 이윤기 옮김, 민음사, 서울: 2012.

존 웰우드, 《깨달음의 심리학》, 김명권·주혜명 옮김, 학지사, 서울: 2014.

종광, 《임제록》, 모과나무, 서울: 2017.

최광현, 《가족의 발견》, 부키, 서울: 2014.

칼 구스타프 융, 《아이온》, 김세영·정명진 옮김, 부글북스, 서울: 2016.

C.G 융, 《원형과 무의식》, 한국 융연구원 C. G. 융 저작 번역 위원회 옮김, 솔, 서울: 2019.

프리드리히 니체, 《선악의 저편/도덕의 계보》, 김정현 옮김, 책세상, 서울: 2003.

헤로도토스, 《역사》, 박현태 옮김, 동서문화사, 서울: 2008.

《신약성서》, 200주년 성서 번역위원회, 분도, 왜관: 2004.

아신 떼자니아, 《번뇌를 가볍게 여기지 마십시오》, 쉐우민 수행센터,

2018.

아신 떼자니야, 《알아차림만으로는 충분하지가 않습니다》, 쉐우민 수행
센터, 2018.

Feinstein, David, and Stanley Krippner. Personal Mythology.
Santa Rosa: Energy Psychology Press, 2008.

Pande, Govinda Chandra. Studies in the Origins of Buddhism.
Delhi: Motilal Banarsidass, 2006.

Radhakrishnan, Sarvepalli. The Bhagavadgita. Noida:
HarperCollins Publishers, 2014.

─────. The Principal Upaniṣads. Noida: HarperCollins
Publishers, 2015.

Walker, Benjamin. Hindu World: An Encyclopedic Survey of
Hinduism. New Delhi: Rupa, 2005.

Hartranft, Chip. The Yoga-Sūtra of Patañjali. The Arlington
Center, www.arlingtoncenter.org [accessed June 4, 2007].

Ā ā Ī ī ū Ū ṛ ṝ ṅ ñ ṇ ṭ ṭh ḍ ḍh ś ṣ Ṣ Ś ṃ ḥ

거꾸로 선 나무

지은이 김영

펴낸곳 마인드큐브
펴낸이 이상용
편집부 맹한승, 현윤식
디자인 권예진
기 획 피뢰침

출판등록 제2018-0000063호
이메일 mind@mindcube.kr
전화 편집 070-4086-2665
　　　 마케팅 031-945-8046(팩스 031-945-8047)

초판 1쇄 발행일 2020년 10월 20일

ISBN 979-11-88434-33-6 (03800)